la peau de bison

FRISON-ROCHE | ŒUVRES

PREMIER DE CORDÉE	*J'ai Lu* 936***
RETOUR À LA MONTAGNE	*J'ai Lu* 960***
LA GRANDE CREVASSE	*J'ai Lu* 951***
LES MONTAGNARDS DE LA NUIT	*J'ai Lu* 1442****
BIVOUACS SOUS LA LUNE :	
LA PISTE OUBLIÉE	*J'ai Lu* 1054***
LA MONTAGNE AUX ÉCRITURES	*J'ai Lu* 1064***
LE RENDEZ-VOUS D'ESSENDILÈNE	*J'ai Lu* 1078***
LUMIÈRE DE L'ARCTIQUE :	
LE RAPT	*J'ai Lu* 1181****
LA DERNIÈRE MIGRATION	*J'ai Lu* 1243****
LES TERRES DE L'INFINI :	
LA PEAU DE BISON	*J'ai Lu* 715**
LA VALLÉE SANS HOMMES	*J'ai Lu* 775***
CARNETS SAHARIENS	*J'ai Lu* 866***
LES MONTAGNES DE LA TERRE	
MISSION TÉNÉRÉ	
SAHARA DE L'AVENTURE	
PEUPLES CHASSEURS DE L'ARCTIQUE	*J'ai Lu* 1327****
NAHANNI TRAPPEURS ET PROSPECTEURS DU GRAND NORD CANADIEN	
KABYLIE 39	
SUR LA PISTE D'EMPIRE	
DJEBEL AMOUR	*J'ai Lu* 1225****
LE VERSANT DU SOLEIL - 1	*J'ai Lu* 1451****
LE VERSANT DU SOLEIL - 2	*J'ai Lu* 1452****

FRISON-ROCHE

les terres de l'infini
la peau
de bison

Éditions J'ai Lu

© Flammarion, 1971

1

L'incommensurable forêt arctique avait cessé brusquement, effacée du paysage, gommée de la carte du monde.

Devant les aviateurs s'étendaient les Barren Lands, les terres stériles éternellement glacées, un univers hostile balayé par les tempêtes, une planète morte. L'horizon incertain de la pénéplaine reculait sans cesse, à peine discernable par la ligne sombre de ses terres gelées, déjà tavelées par les premières neiges d'automne, et ces neiges folles, soulevées par les vents, tourbillonnaient, aspirées par les courants cosmiques pour se mêler aux cavales affolées des nuées venues de l'est, chargées de froid, annonciatrices de blizzard.

En cette fin du mois d'octobre 1960, l'été indien s'achevait brusquement sur les territoires du Nord-Ouest canadien.

Il avait tenu ses promesses et, à Yellowknife, la capitale de l'or qu'ils avaient quittée quelques heures plus tôt, les sous-bois de la taïga étaient encore recouverts du tapis rouge des baies sauvages mêlées aux mousses spongieuses et aux arbres nains qui rampaient sous l'uniforme manteau sombre de la forêt de spruces. Puis brusquement ils avaient atteint la tree-line, la limite des arbres, qui sépare deux mondes, celui des vivants et celui des roches stériles. Max et Jack allaient s'enfoncer dans ce désert et parfois ils regardaient s'amenuiser derrière eux la cape de velours noir de la taïga qu'ils venaient de survoler. La taïga ! La forêt arctique, particulièrement tourmentée dans la région du grand lac des Esclaves, parsemée de lacs brillants comme des joyaux dans le creuset des roches polies et chauves qui dépassaient à peine la crête effilée des conifères. Bien qu'elle fût inhabitée — hormis le passage de quelques centaines d'Indiens chasseurs de fourrure — cette forêt, la plus grande du monde, était pour eux un paysage familier, presque rassurant, car elle recelait toutes les formes de vie ; ces milliards de conifères qui hérissaient la plaine, c'était le triomphe de la végétation arctique qui accomplit en trois mois le cycle annuel des autres plantes ; sous leur couvert, une vie animale intense courait, sautait, bondissait, tuait ou était tuée ; au sud du grand lac, là où commencent les peupliers, galopaient les derniers grands bisons de l'Amérique comme aux temps les plus reculés du paléolithique, mais ici, à la limite extrême des arbres, invisible et omniprésente, la gent des fourrures se glissait de terriers en cavernes, souveraine et cruelle : loups gris, lynx, dangereux gloutons, ours bruns et noirs préparant leur hibernation, martres, hermines, putois, écureuils gris, noirs ou rouges. A l'affût sur les berges des creeks, les loutres se laissaient glisser silencieusement dans les courants à la chasse des truites géantes, les castors consolidaient leurs villages de huttes alignées en amont des barrages artificiels qu'ils avaient bâtis durant l'été. Les oiseaux avaient fui. Un seul était resté : une sorte de petit geai dont le chant familier égayait les campements des trappeurs — on ne comptait pas les grands corbeaux noirs, éboueurs des villages et des forts —, mais tous les autres, les passereaux, les échassiers des marécages avaient précédé dans l'exode les géants qui traçaient maintenant jour après jour dans le ciel la flèche triangulaire des grands migrateurs : escadres d'oies sauvages et de cygnes polaires venues des banquises de l'archipel arctique qui, portées par les courants aériens, regagnaient les bayous de la Louisiane ou les îles de la Floride. L'aigle pêcheur, le dernier, les rejoindrait bientôt, abandonnant son aire accrochée au milieu des falaises granitiques au premier signe d'embâcle des rivières.

La grande forêt n'était plus qu'un souvenir et devant les aviateurs s'étendait à perte d'horizon l'immense toundra sans relief apparent, ciselée de-ci de-là par le cours sinueux d'une rivière qui renvoyait vers le ciel, comme des éclats de phare sur l'infini de l'océan, les pâles rayons d'un soleil reflété par ses glaces en dérive.

Jack McLean recherchait dans tout ce vide géographique un repère qui puisse permettre de situer leur position exacte ; il eut un geste rageur, rejeta les cartes qui encombraient ses genoux.

— Paumés ? interrogea Max.

— Pas encore, mais je ne serai fixé que lorsqu'on aura recoupé la rivière Thélon, prends un peu d'altitude.

Mais plus ils montaient, plus le paysage brumeux se voilait ; ils redescendirent à trois mille pieds.

— La radio ? demanda Jack.

— On est dans le trou, coupé de tout et de tous. A toi de jouer, Grand Maître des Barren !

Jack ne releva pas l'ironie du propos.

— Tu t'y attendais, on doit être au cœur du Keewatin, dans le trou, trop loin de Yellowknife à l'ouest, trop loin de Baker Lake à l'est. Ce qu'il nous faut, c'est

7

croiser la rivière Thélon. Là je suis chez moi, plus besoin de radio, je te ramènerai toujours.

Max ne répondit pas, il était trop soucieux de maintenir son cap, car privé de la radio-gonio il ne pouvait se fier qu'à son compas, et avec ce vent de tempête une dérive importante était à craindre. Heureusement les nuées légères de neige poudreuse passaient comme des comètes et n'empêchaient pas toute visibilité.

Max songea à Peter Cowl.

L'an passé, en plein hiver, Peter s'était perdu dans ces immensités ; pris dans le blizzard et à court d'essence il s'était posé sur la toundra ; on l'avait retrouvé par hasard au printemps suivant, momifié par le froid, à moitié dévoré par les fauves. Il avait tenu cinquante-six jours, d'abord avec les provisions du bord, ensuite en mangeant des renards blancs, qui rôdaient affamés autour de l'épave de l'avion, puis, ayant épuisé son carburant, il avait attendu stoïquement la mort, en notant son agonie sur son carnet de vol. Déjà les loups faisaient cercle autour de lui. A huit jours près il eût été sauvé. Mais sans vivres et sans feu on ne tient pas longtemps par 60° sous zéro. A moins d'être Eskimo. Pauvre Peter ! C'était lui qui avait fait venir Max au Canada et à sa mort Max avait accepté de le remplacer comme pilote pour ces missions régulières et dangereuses que McLean, chargé de la protection de la faune des Barren Lands, effectuait deux ou trois fois par an.

Et maintenant encore, fort de dix ans d'expérience de vol dans l'Arctique, Max ne pénétrait jamais sans un frisson dans les Barren Lands, des terres qui ne dégèlent jamais et grandes comme trois fois la France.

Pour l'aviateur tout y était péril. Le climat d'abord : le plus froid de la terre avec celui de la Sibérie orientale, le vide humain ensuite, et pour l'aviateur l'absence de repères sur ces plateaux arasés depuis les premiers soulèvements archéens et qui montraient à nu l'écorce la plus ancienne de la planète. Max se savait à la merci de son unique moteur de 180 ch ; qu'une panne survienne et il ferait comme Peter, il se poserait, n'importe où, essayerait vainement un contact radio, sortirait sa tente isothermique, sa carabine, et se mettrait à la recherche d'un gibier. D'un gibier presque impossible à approcher tant le regard portait loin sur ces plaines uniformes. Les Barren Lands sont pour les pilotes de l'Arctique ce que le « pot au noir » était pour les pionniers de l'Atlantique Sud, la zone où les ondes ne parviennent pas. Les couloirs de radio-gonio des territoires du N.-O. sont en effet orientés sud-nord, le plus important partant d'Edmonton en Alberta pour rejoindre Victoria, dans les îles du Pôle, par Yellowknife et Coppermine, le second traçant sa route invisible deux mille kilomètres plus à l'est, remontant de Churchill le long de la baie d'Hudson, passant par Baker Lake et s'achevant à Resolute au 75e parallèle Nord.

Entre ces couloirs rien, le « trou ».

Max s'arracha à ses pensées. Le moteur tournait rond, parfois une plaque de givre se détachait en paillettes du bord d'attaque des ailes. Une accalmie s'était produite et le ciel dégagé tendait au-dessus d'eux une coupole d'acier bleu. Au-dessous tout était blanc et roux, camaïeu troublé par le miroitement des lacs innombrables aux rives déjà frangées d'une amorce de banquise.

— D'accord ! dit Jack. Nous arrivons sur la Thélon.

Ils poussèrent un soupir de soulagement.

L'immense rivière serpentait à travers la toundra et dans le lit qu'elle avait lentement creusé de lac en lac, quelques buissons de saules polaires s'accrochaient aux versants favorisés ; ils constituaient l'unique végétation arborescente des lieux. Alentour s'étalait une prairie rase de graminées polaires, déjà rouillée par l'automne et les gels, avec ici et là des plaques de neiges nouvelles accumulées par les vents.

Jack avait réglé ses jumelles et scrutait attentivement la plaine :

— Les voilà ! dit-il. Cap à 2 h 15, on les tient !

Max réduisit les gaz et le monoplan descendit doucement, balancé comme une mouette par les grands courants aériens qu'aucun relief ne brisait sur dix mille kilomètres de distance.

Ce que cherchait Jack, Max le savait.

Jack devait recenser avant l'hiver les derniers bœufs musqués du continent canadien. Dans ce que le gouvernement nommait le sanctuaire de la faune.

Les bœufs musqués des Barren Lands constituaient l'unique réserve de ces animaux préhistoriques.

Massacrés au cours des siècles, il n'en restait plus que cinq cents sur tout le continent canadien en 1936 ; on avait protégé les dernières hardes et maintenant douze cents bœufs musqués galopaient sur la toundra, défendus désormais contre les hommes, mais devant lutter contre leurs ennemis de toujours, les loups, les ours grizzly.

— Voilà le troupeau qui me manquait ! dit Jack rayonnant.

Il comptait : trois taureaux, quinze vaches, des génisses, et les veaux du printemps : trente-deux têtes !

Effrayés par le bruit du moteur, les bœufs musqués galopaient avec fureur, tête basse, les animaux adultes encadrant les veaux, qu'ils semblaient soutenir entre leurs flancs ; le vieux mâle qui commandait la harde se dirigea vers une sorte de tertre qui dominait d'une cinquantaine de mètres le lit de la rivière, s'y arrêta, cornes hautes, et immédiatement, comme s'ils répétaient une tactique longtemps apprise, les bœufs se formèrent en hérisson, défenses pointées vers l'extérieur, les grands taureaux poussant vers l'intérieur du cercle les jeunes bêtes.

— Maintenant, ils ne bougeront plus, dit Jack, pose-toi.

L'amerrissage du petit hydravion fut délicat. La rivière charriait déjà des glaçons et le courant était vif : Jack se posa à contre-courant sur un plan d'eau évasé où la Thélon formait une sorte de petit lac ; les glaçons qui dérivaient vinrent cogner avec fracas contre les flotteurs, mais le bruit était plus fort que le choc car il était amplifié par les cylindres métalliques. Le pilote réduisit les gaz au maximum puis fit glisser son avion vers la berge ; la mince glace qui ourlait le rivage se brisa sous le poids de l'engin. Le pilote jeta une ancre, laissa l'hydravion dériver puis s'immobiliser et coupa le contact.

C'était toujours avec une sorte d'angoisse irraisonnée que Max se posait dans ces solitudes.

Chaque fois il se répétait : « Et si le moteur ne repartait pas ? »

Alors il ferait comme Peter !

Jack, lui, était optimiste. Le zoologue avait passé son adolescence et sa jeunesse dans les territoires du Nord-Ouest, il y était devenu l'assistant du professeur Temmer, le plus grand spécialiste de la faune arctique ; il avait résidé longtemps à Churchill et à Baker Lake dans les Barren Lands pour étudier les caribous, puis avait parcouru le district de Keewatin pour dénombrer les bœufs musqués.

L'hiver, il se déplaçait avec ses chiens et son guide Dog-Rib, et tous deux s'étaient tirés au mieux d'aventu-

11

res qui auraient pu mal tourner ; on le disait un peu sang-mêlé, par son arrière-grand-mère, une belle indienne Cree, mais tout cela était si loin !

Jack disait toujours à Max :

— Tu devrais pouvoir embarquer tes chiens, avec eux tu ne risquerais rien...

Max était aviateur, le ciel était son domaine ; Jack, au contraire, était le parfait coureur des bois.

Max déverrouilla la portière : l'air glacial s'engouffra dans la carlingue, et ils reçurent comme une gifle la terrible bise de l'est.

— Moins 20°, ça promet !

— L'été est terminé. On va faire vite, sinon les flotteurs vont se congeler, *old boy*...

Max resta un instant immobile comme s'il eût craint de rompre le silence inexprimable des grandes solitudes, puis il perçut les ultra-sons du désert portés vers lui par les courants aériens. Son angoisse disparut, des forces primitives bouillonnèrent en lui.

Comme un froissement de soie se précisa le bruit continu des eaux qui défilaient lentement sous l'hydravion ; parfois un éclat de cristal s'imprimait sur la trame ténue du chant de l'eau, une mince pellicule de glace invisible se brisait et laissait bouillonner le courant.

— Faut faire vite, Jack, sinon on se fera prendre au décollage !

Mais l'autre avait déjà sauté dans le lit peu profond de la rivière, et gagnait à grandes bottes la plage qui bordait la crique. Max le suivit.

Sur le tertre dégarni de neige, dominant la rivière, les bœufs musqués formés en hérisson les regardaient venir, immobiles et inquiétants. On ne voyait d'eux en raccourci qu'une muraille de fourrures noir et fauve, hérissée de cornes recourbées et où luisaient comme des escarboucles de grands yeux verts aux pupilles dorées.

Max avait pris sa carabine. Jack ne portait que son appareil photo en bandoulière. Il se retourna vers le pilote et dit, mécontent :

— Tu sais, ils sont sacrés, ne tire sous aucun prétexte, d'ailleurs on ne risque rien, on les aborde par le bas et un bœuf musqué ne charge jamais à la descente !

— Tu en es tellement certain ? Mon ami Weber, le glaciologue, a failli se faire écharper avec son compagnon, dans l'île Axel-Heiberg, l'année passée. Ils faisaient comme nous, ils approchaient par le bas et les bœufs étaient sur la crête, et tout à coup un taureau a chargé, à la descente ! Ils n'ont eu que le temps de s'écarter, mais le chien qui les accompagnait a été éventré et projeté à dix mètres en l'air...

— Ils avaient un chien, dit Jack, c'était là l'erreur. Pour les bœufs, le chien ou le loup c'est pareil, et quand ils sont sur la défensive comme aujourd'hui, il y a toujours un gros mâle qui charge pour disperser les loups. Ils connaissent la tactique, les muskoxen, ils sont là depuis plus d'un million d'années ! Allons, viens ! Tu vas ramper sur ma droite, on avancera à même hauteur, et quand on sera à dix ou douze mètres des cornes, on ne bouge plus ! Le temps de les compter, d'apprécier l'âge, le sexe, les promesses de vêlage. Promis !

Ils firent comme il avait dit.

Ils rampèrent à découvert, très lentement, vers la harde formée en hérisson — on eût dit une couronne de fourrure posée sur le crâne chauve de la colline —, mais cette masse, quand on l'approchait, était curieusement parcourue d'une sorte de frémissement, comme celui d'une foule qui tangue et roule au coude à coude dans une bagarre face à la police ; parfois, entre les pattes des

13

bêtes adultes, un jeune veau passait son petit mufle baveux, mais la mère d'un coup de tête le repoussait à l'intérieur du cercle, et là, à l'abri des croupes, une dizaine de jeunes jouaient comme dans un corral.

Trois taureaux se relayaient pour surveiller l'ensemble : parfois l'un d'eux sortait du cercle, se portait quelques pas en avant, humait l'air, grognait, puis trottait devant le front de sa harde, comme un capitaine avant l'assaut. Max admirait tout à loisir la bête étrange, qui paraissait le double de son poids et de sa taille en raison de l'épaisseur de la fourrure dont les crins pendaient comme une jupe jusqu'au bas des sabots ; l'animal portait, recourbées vers le bas puis relevées en redoutables crochets, les pointes les plus acérées que l'on puisse imaginer. Maintenant qu'ils étaient tout près d'elles, les bêtes commençaient à manifester de l'inquiétude, un autre taureau gratta le sol de ses sabots et émit un sourd meuglement. Jack se porta lentement à la hauteur de Max.

— J'ai mon compte, la harde a augmenté de cinq têtes, c'est peu mais normal... on va reculer aussi doucement qu'on est venu.

Il regarda la « 303 » que portait Max et sourit.

— Mets le cran de sûreté, Max, ils ne nous attaqueront pas et ils vont disparaître derrière la butte dès que nous serons suffisamment éloignés, il faut toujours leur laisser une porte de sortie, sans cela... Tu sais, ce ne sont pas des taureaux, mais bien des ovibos, le plus ancien ruminant connu, une espèce en voie de disparition. Hérodote les avait décrits comme des moutons gros comme des vaches et il avait raison. Leur détente est celle du bélier, rien n'échappe à leur charge !

— Ils sont bien armés, en effet, et je comprends la trouille de Weber.

14

— Ce ne sont pas des cornes, c'est l'os frontal qui forme cette excroissance fibreuse. Aucun autre animal ne porte pareille défense.

Jack allait encore lui faire un cours, mais Max, qui suivait le lent mouvement des nuages dans le ciel, pressentit l'approche d'un blizzard.

— Navré, Jack, mais il faut décoller sans tarder, les glaces au sol, la neige dans l'air, et nous sommes à plus de cent miles du premier contact gonio !

Jack, dans l'eau jusqu'à mi-botte, se tint prêt à relever l'ancre légère, tandis que Max lançait son moteur. Il repoussa légèrement l'hydravion jusqu'à ce qu'il fût happé par le courant et flottât librement, puis sauta lestement sur l'un des flotteurs avant de se hisser dans la carlingue. Max maintenait son engin immobile au milieu du courant, un chenal navigable paraissant libre au milieu de la rivière, mais d'un moment à l'autre des glaçons pouvaient s'y présenter.

— Je crois qu'en rentrant je peux changer les flotteurs contre des skis ! dit Max tout en surveillant le réchauffement du moteur.

C'était déjà l'annonce de l'hiver, du long hiver canadien.

Ils décollèrent sans effort. Jack indiqua le cap au pilote : il fallait tenir compte de la déclinaison magnétique extrêmement importante, car ils n'étaient guère à plus de quinze cents kilomètres du pôle Nord magnétique, et ils allaient naviguer à l'estime, plein ouest, jusqu'à ce qu'ils retrouvent le contact radio.

Déjà, sous leurs ailes, la visibilité diminuait. Sur ces grands plateaux balayés par les vents les repères étaient rares : quelques creeks dessinés en noir sur le roux des chaumes d'automne et, balayant le tout, la poussière de neige fraîche qui se déplaçait vers l'ouest et modifiait

15

instantanément l'apparence et le relief de la toundra. Ils avaient le vent en poupe et Max exulta :

— On fait du 140 miles, autant de gagné !

Les yeux fixés sur les cartes que lui préparait Jack, il rectifiait parfois une dérive ; les courants aériens les attiraient irrésistiblement vers le sud, et c'était là le danger permanent : une dérive trop importante qui les amènerait à court d'essence en un point non identifié des Barren Lands.

Mais déjà, quelques signes annonçaient la fin de la toundra : d'abord le relief qui se tourmentait légèrement, indiquant le réseau très fin des rivières qui maintenant coulaient en méandres vers l'ouest et, le long de leurs rives escarpées, une végétation nanifiée apparaissait, saules polaires, légers bouleaux, parfois même dans un méandre un petit bosquet. Ils arrivaient à la tree-line.

— Max, Max ! dit tout à coup Jack, les caribous ! La grande migration d'automne, regarde !

Sur la mince pellicule de neige qui en cet endroit recouvrait la toundra, on voyait nettement l'énorme traînée laissée par les passages d'animaux traçant des lignes orientées en faisceaux divergents vers le sud-est.

— Suivons-les ! dit Jack.

Max regarda sa jauge, hocha la tête.

— Je te donne dix minutes de vol supplémentaire, pas plus, sinon on sera à sec, nous ne sommes pas encore entrés dans la zone radio et tout n'est pas cuit.

A dire vrai, Max aimait ce risque permanent qui accompagnait chacune de ses missions. Son métier de pilote free-lance (1) il l'aimait, tout autant que Peter l'avait aimé — Peter qui avait surmonté les dangers incohérents des bombardements sur la Ruhr avant de

_____

(1) Free-lance pilot : pilote indépendant, propriétaire de son avion.

16

trouver la mort dans la toundra glaciale. Un instant, Max crut entendre, dominant le ronronnement régulier de son petit moteur, le vrombissement de cataclysme des avions de l'escadrille, fonçant tous feux éteints sur l'Allemagne dans le flamboiement des incendies et la gerbe de feu des obus de la flak ennemie. Il ferma les yeux pour mieux se souvenir, laissa dériver l'avion. Jack lui bourra les côtes.

— Cap à 6 heures, tu rêves, vieux frère !

Il appuya sur le palonnier et l'avion vira. Jack désignait un point sur la toundra.

— Les voilà ! descends jusqu'à quatre cents pieds....

Max aussi les avait aperçus. Il n'avait jamais vu un pareil spectacle.

— C'est inouï, mais il y en a plusieurs milliers...

— Près de dix mille, si ce grand troupeau est celui auquel je pense. Mais dans deux jours il sera dispersé.

Les caribous, massés sur plusieurs centaines de mètres de largeur, s'étiraient sur près de dix kilomètres, trottant régulièrement sur la toundra, telle une armée en retraite dans l'hiver de la défaite. Déjà les animaux de tête traçaient des pistes divergentes, comme un éventail qui se déploierait lentement. Dans deux jours, disait Jack, il y aurait quatre ou cinq grandes migrations qui se disperseraient à leur tour en hardes de moins en moins nombreuses, et finalement l'immense troupeau s'éparpillerait dans la taïga de spruces. Chaque harde de trente à cinquante têtes regagnerait son lieu d'hivernage vers lequel un instinct très sûr la dirigeait. Chaque année il changeait. Comme n'était jamais le même le grand rendez-vous de l'été sur la toundra dégarnie de neige.

— Les loups ! dit laconiquement Jack.

Des loups en bandes tournaient autour des caribous sans que ceux-ci manifestent la moindre inquiétude ; les vieilles femelles qui dirigeaient la migration continuaient à tenir leur cap, traversant les plateaux, franchissant les rivières, remontant sur la toundra, et l'ensemble dessinait sur le relief comme un énorme reptile. Les loups se gardaient bien de pénétrer dans le grand troupeau. Ils se contentaient de harceler la migration, et parfois deux ou trois d'entre eux se rabattaient sur les traînards, ou sur un jeune que sa fantaisie et l'ignorance du danger avaient un instant écarté de ses congénères.

Alors le drame avait lieu, rapide et cruel : l'échine brisée, la gorge ouverte, le caribou agonisait encore, alors qu'il était déjà férocement dépecé.

— On les tire ? fit Max.

— Laisse ! Ils accomplissent leur métier, ils débarrassent la harde des bêtes malades ou fatiguées, ils font moins de dégâts que les Indiens avec les carabines que nous leur avons fournies !

L'observation des caribous les ayant détournés vers le sud, Jack fit un rapide calcul :

— Cap à 11 heures pendant dix minutes, puis repars à 9.

— Les premières épinettes ! lança Max.

Ils se sentirent tout à coup soulagés d'un grand poids, ils venaient d'atteindre la tree-line, la fameuse ligne des arbres, sinueuse et irrégulière, qui sépare en deux les territoires du Nord. Partant de l'embouchure du Mackenzie, elle coupe en diagonale le Grand Nord canadien, en deux régions bien distinctes. La toundra au nord-est où le sol ne dégèle jamais en profondeur, les Barren Lands, vides et inhabités, sinon sporadiquement aux époques de chasse par quelques Eskimos et, au nord-ouest, la taïga forestière couverte de forêts de spruces que les Canadiens français nomment l'épinette et qui n'est qu'une variété d'épicéa.

Et Max se souvint tout à coup d'un vol transsaharien qu'il avait accompli en mission de guerre. Il avait durant des heures survolé le désert, n'ayant sous ses ailes que la brume de sable impénétrable, puis il avait aperçu un arbre isolé et tordu au milieu de l'immensité, puis, encore, plus loin, un petit bouquet d'épineux, et soudain la savane aux hautes herbes coupée de forêts-galeries dans le lit des oueds avait précédé la brousse serrée du Niger. Il avait regagné les terres fertiles.

Ici, dans le froid de l'Arctique, tout s'annonçait de même. Sur l'horizon de l'ouest, la plaine bosselée de rochers polis par l'usure des anciens glaciers se couvrait d'un épais manteau noir, marqué par les flaques brillantes des lacs innombrables qui, maintenant, se découvraient de partout... Sans plus attendre Max brancha son radio-gonio, appela :

— Ici Big Tom, ici Big Tom, pouvez-vous me donner ma position ? Terminé.

Il n'entendait qu'un grésillement continu ; il répéta son appel plusieurs fois ; enfin une voix lointaine à peine audible lui parvint :

— Calling Big Tom, calling Big Tom, je vous entends — Roger Roger (1) !

— Bien entendu, ici Big Tom — ici Big Tom, je vous écoute, Roger Roger !

— Vous survolez Campbell Lake, branchez le gonio, je vous tire...

— Ouf ! fit Max.

Puis il remercia Yellowknife pour sa prise en charge. Désormais ils étaient reliés au monde, le radio-compas

_____

(1) Roger Roger — Symbole radiophonique signalant que l'écoute a été prise à cent pour cent.

les tirait irrésistiblement vers l'est. Ils n'étaient plus seuls.

Les bourrelets de collines se faisaient de plus en plus importants et d'immenses lacs apparaissaient tels des fjords entre les roches polies. Bientôt apparut la vaste étendue d'Artillery Lake que les ombres du soir faisaient briller comme une hématite. Max, les yeux fixés sur le cadran du radio-compas, rectifiait sa route par les manœuvres habituelles mais lui et Jack n'avaient plus d'inquiétude ; ils connaissaient admirablement cette région : la forme d'une baie sur le grand lac, les méandres d'une rivière étaient pour eux autant de points de repère ; ils avaient définitivement franchi la tree-line et désormais survolaient la grande forêt arctique, la taïga serrée des spruces, dont la dimension augmentait à mesure qu'ils se dirigeaient vers l'est, puis sous leurs ailes ils reconnurent les Parry-Falls bouillonnantes de toutes leurs chutes hautes de 40 mètres.

Maintenant l'hydravion glissait au ras des sapins, sur le grand plan d'eau presque entièrement fermé qui constitue en cet endroit l'extrême avancée du grand lac des Esclaves. Les rives étaient formées de falaises de granit hautes d'une cinquantaine de mètres, hérissées de petits spruces en fer de lance, une frange glacée cernait les plages ; loin devant, Max aperçut la tache rouge du bidon d'essence qui signalait sa réserve.

— On se pose ! dit-il.

— O.K. ! fit Jack.

Il n'y avait en cet endroit ni courant ni glaçon et l'amerrissage fut facile.

— On refait le plein, il était temps, avec ce sacré détour que tu m'as demandé !

— Tu regrettes le spectacle ?

Max regarda son compagnon et sourit sans répondre.

La nuit était venue sans qu'ils s'en aperçoivent, car en altitude ils étaient encore pris dans le faisceau lumineux du soleil couchant, et voici que tout à coup les grandes ombres de la forêt s'allongeaient sur les eaux phosphorescentes du lac, où quelques derniers rais de lumière faisaient scintiller les vaguelettes.

Sur la plage de sable grossier qui bordait la crique, des bidons étaient entassés régulièrement, leurs cylindres dressés l'un contre l'autre, comme sur un quai de chargement. C'était la réserve personnelle de Max.

Au début de l'été, une chaloupe à moteur les avait déposés en cet endroit isolé et Max, guidé par l'expérience de Peter, avait ainsi disposé en quelques endroits précis et facilement repérables de la taïga des dépôts de carburant qui portaient sa marque. Personne n'y aurait touché à moins d'une exigence absolue. C'était la loi du bush et chacun la respectait, même les Indiens pour qui il eût été tentant, durant l'hiver arctique, de s'approvisionner ainsi pour leurs canots à moteur.

Le plein des réservoirs fut long à effectuer. Jack faisait passer à bout de bras les fûts de cinquante litres à Max qui, accroupi sur l'aile, remplissait les réservoirs. Quand ce fut fait, Max inventoria le stock restant.

— Ça fera pour deux missions supplémentaires, dit-il satisfait. Et maintenant, poussons chez Jim !

Il remit le moteur en marche mais ne décolla pas son engin et glissa le long du rivage, contournant un cap rocheux pour pénétrer dans un élargissement de la baie. Devant eux des lumières scintillaient dans la nuit, et quand ils furent plus près ils distinguèrent la masse sombre de deux huttes confortables, en troncs de spruces non équarris.

Max coupa les gaz et laissa l'hydravion s'échouer sur sa lancée.

2

Tuktu hocha la tête, tira une bouffée de son brûle-gueule, consulta le ciel, les nuages, les vents.

— Tu ne devrais pas partir pour l'île, Rosa, le vent des Barren Lands arrive jusqu'ici, les glaces commencent à dériver sur le lac.

— Justement, père, dans trois ou quatre jours il sera trop tard pour y aller en canot, trop tôt pour m'y rendre avec les chiens, et le glouton mangera toutes mes prises !

Le vieil Indien ne répondit pas. Après tout, Rosa était maîtresse de son destin, de plus elle était mariée ! Et puis il était fier de sa fille, il n'y avait pas meilleur trappeur qu'elle dans tout le village, même lui, le chef, reconnaissait ses mérites, Rosa était une véritable Dry-Geese, une Indienne nomade du bush !

Tuktu sembla dès lors se désintéresser de l'embarquement, mais son trouble n'avait pas échappé au père Keredec, le missionnaire oblat qui depuis plus de vingt ans vivait parmi eux :

— Tu as l'air préoccupé, Tuktu ?

— Hum...

— Tu crains le mauvais temps ?

— L'hiver sera bientôt là, les jours sont courts, et les longues nuits vont commencer.

Mais Rosa les interpellait :

— Father ! Father ! Aidez-moi à faire partir ce maudit kicker ! Mick n'y arrive pas...

— J'arrive, j'arrive ! dit joyeusement le père Keredec.

Ce qui n'allait pas, il le savait bien, lui, c'était comme d'habitude, une trop riche arrivée d'essence, la bougie encrassée. Il prit la clef anglaise, desserra l'écrou, retira la bougie, la décrassa consciencieusement avec du papier émeri, vérifia l'écartement des pointes.

— On voit bien que Max n'est pas là, Rosa. Un moteur pareil on passe son temps à le nettoyer. Tiens, Mick, regarde comme on fait, car tu auras sans doute besoin de le nettoyer plusieurs fois au cours du voyage.

L'adolescent, mince et grand, sourit au missionnaire :

— Je saurai faire, Father, mieux que ces femmes !

Une calotte bien dirigée de sa grande sœur l'arrêta net.

— Un mot de plus et je te laisse ici, dit Rosa.

Le jeune homme sauta dans le canot en riant aux éclats.

Sur la rive, les hommes présents, ravis de la petite scène de famille, contenaient un fou rire qui eût porté atteinte à leur dignité.

— Tu as pensé à tout, Rosa ? dit encore Father Keredec. Les vivres, le stove (1), le pétrole, les munitions ? Pourquoi n'embarques-tu pas un chien ?

— Pour qu'il fasse fuir tous les élans devant moi ?

— En tout cas ne t'attarde pas, Rosa. Max doit rentrer dans cinq jours, il serait inquiet ; et puis ton père a raison, les glaces dérivantes commencent à être dangereuses et si le froid se maintient, la banquise peut s'étendre au large en quelques jours !

_____

(1) Stove : fourneau portatif à pétrole.

— Ne vous inquiétez pas, Father, le temps de visiter ma trap-line, deux jours au plus, un jour pour aller, un jour pour revenir ! L'hiver attendra bien jusque-là.

— A Dieu vat ! dit le père.

Mick tira la ficelle du kicker, le moteur sollicité partit au quart de tour, et sa pétarade infernale dégagea un petit halo de fumée bleutée qui flotta un instant sur les vaguelettes du rivage.

— Doucement, marche à régime réduit, prends garde aux lames de travers, ton canot n'est pas un racer !

Father Keredec multipliait les recommandations, mais Rosa n'écoutait plus. Déjà, le canot métallique, décrivant une courbe, piquait vers le large, là où le plan d'eau du lac des Esclaves scintillait comme du plomb en fusion.

Longtemps les gens demeurés sur le rivage écoutèrent le *decrescendo* du moteur, puis le silence se fit à nouveau, comblant l'immensité du ciel, figeant dans leur solitude les cabanes en bois de Snowdrift.

Chacun se sépara sans ajouter un mot.

Le père Keredec se dirigea vers la maison de Max ; Rosa lui avait demandé de nourrir ses chiens en son absence, et il devait faire cuire leur pâtée de riz et de poisson séché.

Accroupie à l'arrière de l'embarcation, Rosa tient ferme la manette des gaz qui prolonge le bras d'orientation du kicker ; elle aime de temps à autre, par un simple mouvement du poignet, accélérer brutalement, pour sentir bondir sous elle le frêle canot métallique aux formes exactement semblables aux canoës d'écorce d'autrefois. Mick, son jeune frère, s'affaire à vider avec une boîte de conserve l'eau qui s'infiltre par un joint non étanche de l'étambot.

25

Snowdrift, le village indien, étale sur une large étendue de grève ses dizaines de huttes en rondins, toutes semblables sauf une, la maison de Rosa que Max a bâtie lui-même et qu'il a voulu plus grande, plus haute, plus large, et Rosa ne peut s'empêcher de se retourner pour la contempler avec fierté.

Tout en filant ses huit miles à l'heure, le petit canot a doublé le promontoire de Snowdrift, des îles longues et basses hérissées de spruces masquent désormais le rivage, se confondant avec celui-ci, et il faut être indien pour s'y reconnaître dans cet archipel de récifs, de presqu'îles, d'isthmes transformant en culs-de-sac des baies profondes et bien abritées. Maintenant ils sont en plein lac ; devant eux, à plus de vingt miles, au-delà de la nappe d'eau, apparaît une ligne bleutée, la presqu'île de Pethen, que les Indiens nomment la grande-île, et qui barre sur plus de cent kilomètres le lac des Esclaves, séparant le lac principal de la baie McLeod, presque aussi importante que le lac lui-même.

Rosa écoute avec plaisir le clapotis des vaguelettes sous l'embarcation, le vent est presque nul et le vieux Tuktu a eu le tort de s'inquiéter.

Pourtant, au bout de deux heures de route, le froid commence à les pénétrer malgré les chauds parkas de caribou et tous deux, rabattant le capuchon sur leur tête, enfilent les énormes gants en fourrure de rat musqué, la seule fourrure qui ne gèle pas dans l'eau.

De grands courants tracent leurs méandres sur l'immense nappe liquide que l'éclairage frisant de l'automne fait scintiller. Dans le ciel à présent des fleuves de nuages gris s'enroulent et se déroulent sous l'action des vents en altitude. Rosa les observe mais se refuse à voir les signes ! Max lui a dit un jour que c'étaient des cirrhus, de véritables courants cosmiques, qui tournaient ainsi autour de la terre, et qu'ils annonçaient générale-ment le mauvais temps; elle hausse les épaules: le mauvais temps attendra bien son retour. Elle veut ramener des fourrures, les présenter à Max, lire dans ses yeux la fierté d'être son époux.

Max! Elle ne vit que pour lui, ne pense qu'à lui...

Voici bientôt dix ans qu'ils sont mariés! Il est venu à elle et ils ne se sont plus quittés. Dans quatre jours il sera rentré de son long vol dans les Barren Lands, elle n'aime pas qu'il s'y rende, les Indiens ont horreur de la toundra, ils ne sortent jamais de la forêt, son père le lui a toujours dit, comme il l'a rappelé à Max:

— Les Terres Stériles! Les terres qui ne dégèlent jamais, « No wood, no fire, no good! ». Pas de bois, pas de feu, pas bon!

Et puis, il y a eu le drame de Peter Cowl, l'ami de Max, mort de faim et de froid après un atterrissage forcé; Max en a eu beaucoup de chagrin, car Peter était son ami. Elle n'aimait pas beaucoup Peter car elle devinait qu'il n'avait pas dû apprécier leur union, il avait même tout fait pour dissuader Max d'épouser une Indienne, pourtant elle avait eu de la peine en apprenant sa mort, car, sans Peter, Max ne serait jamais venu dans les territoires du Nord-Ouest, et ils ne se seraient pas rencontrés...

— Tu rêves, Rosa! On dérive trop à l'ouest, dit Mick.

Elle sursauta, surprise dans sa rêverie, jeta un bref coup d'œil alentour, puis redressa d'un coup de barre. Maintenant ils distinguaient nettement les rivages de l'île: c'était comme si le lac était barré dans toute sa longueur, aussi loin que la vue portait à l'est ou à l'ouest; des falaises rocheuses crêtées d'une haute forêt de spruces barraient l'horizon du nord. Barrière factice en apparence, réduite un peu partout à moins de deux à trois miles de largeur, et se terminant, vers l'ouest, par un isthme ensablé qui la reliait à une autre presqu'île tout aussi longue et mince, rattachée à la grande forêt primitive de Fort-Reliance.

Le long de l'île, des glaces dérivaient qui bientôt se souderaient pour former une banquise continue, mais le courant très fort les chassait vers les courtes grèves qui s'insinuaient entre les roches de granit moutonnées, semblables à des baleines grises respirant à fleur d'eau, et déjà des blocs échoués formaient une frange clapotante qui ceinturait les terres dans leur armure de cristal.

Rosa et Mick entrèrent dans l'ombre des falaises et des arbres ; et se brisa net le chant du large pour faire place au silence des cathédrales. Hostile et noire de tous ses spruces, l'île les enveloppa alors qu'ils pénétraient dans une passe minuscule, en eau profonde entre deux grands récifs. Sur l'une des roches, une perche laissait flotter un minuscule carré d'étoffe. Ainsi les Indiens marquent-ils de repères les passages qu'ils sont seuls à fréquenter.

— Saute, Mick ! commanda Rosa.

Le jeune homme, un « bout » à la main, bondit sur le sable blanc, brillant de tous ses cristaux de quartz. Il tendit l'amarre, Rosa releva le moteur, le canot s'enfonça de l'avant, s'immobilisa. Ils le déchargèrent rapidement, puis halèrent l'embarcation au sec. Quand ce fut fait, la nuit les enveloppait de toutes parts, accentuant encore la sauvagerie des lieux, mais ni Rosa ni Mick n'y prirent garde, la forêt, la nuit, les éléments, les eaux des lacs et les autans leur étaient familiers, et Rosa souriait parfois en songeant aux angoisses qu'éprouvait Max, à ses débuts, lorsqu'il l'accompagnait à la chasse.

Pour Max la forêt parlait, émettait des cris et des chants étranges, un frisson de peur accompagnait le mystère quotidien, le bush lui semblait surnaturel et il disait tout cela à Rosa et Rosa riait, comme elle riait ce soir, sa pensée vers lui, mais tout son corps accomplissant les gestes rituels qui précèdent le bivouac du soir.

La trap-line de Rosa partait du point où ils avaient atterri et zigzaguait sur les crêtes et dans les ravins de l'île sur quelque vingt miles de longueur ; plus à l'est la chasse et la trappe appartenaient de tradition à une autre famille, et jamais un Indien n'irait poser ses trappes sur le territoire de son voisin. C'était plus qu'une tradition. Ils obéissaient à une loi obscure remontant aux temps les plus reculés, quand ils vivaient seuls dans ces solitudes grandes comme l'Europe.

Mick et Rosa, la machette à la main, dégagèrent sous un grand spruce un espace suffisant pour y établir leur camp. Le sol était couvert d'un tapis moelleux, épais, fait de mousse et de résineux nanifiés, dans quoi on s'enfonçait jusqu'à mi-mollet, mais tout à côté, une dalle de granite étalait sa brillance, sur laquelle ils disposèrent leur matériel et leurs armes.

Il fallut plus d'une heure pour choisir, couper et ébrancher une vingtaine de petites épinettes, qu'ils dressèrent en coupe-vent comme un grand écran devant lequel ils allumèrent un immense brasier qu'ils n'auraient plus qu'à alimenter régulièrement. Le froid pouvait venir ! La chaleur des flammes qui montaient à plus d'un mètre de hauteur était rabattue vers la couche molle de « muskeg » sur laquelle ils jetèrent une bâche et des peaux de caribou, et sans plus attendre Mick s'allongeait, couché face au ciel, chantonnant, les yeux mi-clos, heureux de la douce chaleur qui le pénétrait.

Rosa fit sauter un carré d'orignal (1) dans l'inévitable poêle à frire qui, avec la grosse bouilloire, compose l'essentiel de la cuisine du trappeur, qu'il soit indien ou blanc. Ils mangèrent avec appétit, sans échanger une parole.

Ce qu'ils feraient le lendemain, ils le savaient.

Rosa connaissait toutes les gorges de l'île, les points de passage obligatoires entre deux falaises impraticables, les gîtes des gloutons (2), des loups, des lynx et des ours. Demain ils prendraient la piste, relèveraient les pièges, à présent la nuit portait à la rêverie.

Rosa alluma une cigarette blonde, en jeta une à son jeune frère ; Max lui en apportait à chacun de ses voyages. Mick aiguisait minutieusement son couteau de chasse sur un galet poli, essayait le fil de la lame sur son pouce, il ne pensait à rien, tout à la douceur de l'heure présente, mais Rosa, accroupie sur ses talons, emmitouflée dans son grand parka de fourrure, alimentait le feu, jetant des branches qui flambaient brusquement et projetaient d'étranges lueurs dans la nuit. Au-delà du cercle de lumière, le mur sombre de la nuit les séparait du reste du monde comme s'il n'y avait qu'eux sur terre de vivant, et leur vie semblait se prolonger par ce feu vers les grands espaces.

Dans le ciel les étoiles brillaient comme par les nuits les plus froides, des traînées laiteuses se formaient en franges, en écharpes multicolores dispersées par les vents, premières esquisses des aurores boréales qui dans un mois seraient leur seule lumière dans la longue nuit polaire.

(1) L'élan d'Amérique est appelé orignal au Canada francophone et moose par les Canadiens anglophones.

(2) Le glouton appelé carcajou par les francophones et wolverine par les anglophones.

Un loup en chasse hurla quelque part derrière eux, et à son cri répondit le gémissement de la louve. Rosa sourit, cet hiver elle reviendrait les chasser lorsque leur fourrure devenue d'un beau gris et bien fournie prendrait toute sa valeur. Max aimait beaucoup les peaux de loup. Chez eux, il y en avait un peu partout et les reflets argentés se mariaient bien avec la peau sombre de bison jetée sur leur lit.

A ses côtés, l'adolescent dormait profondément, mais elle savait qu'au moindre bruit suspect, il s'éveillerait comme un fauve. Rosa était sans inquiétude, la barrière de flammes qui les séparait du royaume des ombres les protégeait contre toute approche. Peut-être, ce soir, les loups attirés par l'espoir d'un reste de nourriture rôderaient-ils autour d'eux à bonne distance, mais ils ne se montreraient pas ; les loups n'attaquent pas, ils fuient l'homme ; d'ailleurs elle n'avait pas amené de chiens, cela eût suffi à les provoquer, car le loup préfère à toute nourriture la chair du chien ! Et pour s'en procurer il est parfois d'une folle témérité.

Oui, la nuit polaire allait les envelopper pour trois mois et Rosa s'en réjouissait : Max ne ferait pratiquement plus de vol. Tout s'arrête à cette époque : les recherches de pétrole ou d'or, les missions scientifiques et généralement les free-lance pilotes comme Max descendent au sud, dans l'Alberta où ils trouvent encore de nombreux contrats, mais Max préférait rester avec elle, et à cette pensée elle eut un sursaut d'orgueil !

Où était-il Max, en cet instant ? Sans doute bivouaquait-il comme elle, mais en plein pays hostile, sur la toundra sans fin, où les vents perpétuels balaient le sol, où aucun arbre ne pousse, où la terre ne dégèle jamais...

L'énorme tas de bois brûlé n'était plus qu'un cône de braises incandescentes qui rougeoyait sans lancer de flammes. Rosa se leva, jeta de nouvelles brassées de bois qui crépitèrent instantanément. Cela suffirait jusqu'au lendemain. Satisfaite, elle s'allongea sur les fourrures, s'enfouit dans ses couvertures. Les maigres branches des spruces pointaient comme des mâtures sur la nuit étoilée, la chaleur renvoyée par l'auvent de fortune l'enveloppait d'une douce tiédeur, c'est ainsi qu'elle aimait passer les nuits.

C'est ainsi qu'elle avait connu Max.

Elle ferma les yeux pour mieux se souvenir. Comme il avait paru surpris lorsque les missionnaires lui avaient confié cette jeune Indienne adolescente pour la ramener à Snowdrift! Il ne cessait de tourner la tête vers elle tout en pilotant son avion, et elle riait sous cape car elle savait pourquoi il était intrigué. Se souviendrait-il encore de la petite Rosa qui cinq ans plus tôt lui avait mordu la main dans un geste de colère? Lui, elle l'aimait depuis toujours et cet amour même la rendait farouche. Maintenait elle se souvenait: toute petite, elle était toujours la première à l'arrivée de l'avion, et Max jouait avec elle comme avec les autres enfants, parfois il se moquait d'elle. Elle était alors ulcérée qu'il la considérât, avec ses douze ans, comme une gamine insignifiante, une espèce de chat sauvage comme il disait. Puis le père Keredec l'avait envoyée au collège indien de Fort-Smith, et elle y était restée sept ans sans revenir, et le jour du retour il avait fallu que ce fût Max qui la ramenât...

Il y eut tout à coup un grand fracas de branches brisées, comme si un animal de forte taille se frayait un passage dans les fourrés tout proches. Mick s'était réveillé et avait saisi son rifle:

— Un ours, dit-il à Rosa.

— Non, un ours n'est pas aussi bête, un élan sans doute, il cheminait dans la gorge, le vent était pour nous, il n'a rien senti et quand il a gravi la crête il a dû voir les flammes, et il est parti tout droit, brisant tout sur son passage. On le retrouvera demain. Dors !

Mick pelotonné sous ses fourrures ne se le fit pas dire deux fois.

Il rêvait déjà des chasses du lendemain.

3

L'hydravion se balançait doucement sur le clapotis du rivage.

Les aviateurs devinèrent toute proche la charpente massive des deux bâtiments de Fort-Reliance, mais ceux-ci se fondaient dans l'obscurité du sous-bois et il fallait lever la tête pour apercevoir par-delà la frise acérée des spruces les froides étoiles de la nuit polaire. Au sol tout était sombre, hostile, à l'exception de deux trous de lumière qui formaient une sorte de halo doré autour des embrasures des fenêtres, mais cette clarté ne s'étendait pas au-delà, ne scintillait pas, elle était fixe, et cette fixité la rendait presque surnaturelle : on eût dit les yeux d'un fauve à l'affût.

Ils accomplirent dans le grand silence de la nuit les manœuvres habituelles d'accostage. Jack sauta sur le rivage, amarra solidement l'hydravion le long d'un ponton où somnolait un puissant canot à moteur. Gestes de tous les jours qui étaient apaisants parce qu'ils signifiaient qu'ils étaient revenus à la vie après tant d'heures d'angoisse sur les Barren Lands.

Ici vivaient des hommes, à l'extrême pointe du monde habité.

Ils se dirigèrent vers les lumières comme des phalènes

35

vers la flamme. Leurs bottes sonnant creux sur les planches du ponton éveillèrent alors l'entourage des bâtiments et la forêt prit une nouvelle distance. Un chien hurla, d'autres chiens s'accordèrent à sa plainte, et le concert de lamentations monta, se mêlant au chant continu et frémissant du vent, égrenant ses notes en touches légères sur les fûts des grands conifères dressés en formation serrée comme les mâts d'une armada fantôme.

— Ils ne doivent pas rigoler tous les jours ! dit Max.

— Bah, fit Jack, vivre là ou ailleurs, ils ne manquent de rien !

Etait-ce certain ? songea Max. La solitude à deux est peut-être plus cruelle à subir que la solitude totale.

— Ils ont leur métier, reprit Jack comme s'il avait deviné les pensées de son ami, ça les occupe suffisamment pour qu'ils ne pensent pas à autre chose.

Une porte s'ouvrit et une forte silhouette s'encadra dans le rectangle lumineux. Un ordre bref fit taire les chiens.

— Hello, Jim ! salua Max. Tu ne nous attendais plus ?

— Ici, on attend toujours quelqu'un, Max.

Max lui tendit un volumineux paquet de journaux, de revues et de lettres.

— *The mail, old fellow !*

Le visage du policier s'éclaira.

— On aura toute la nuit polaire pour lire ça. Merci, Max.

Ils pénétrèrent à sa suite dans la hutte large et bien bâtie. Le compagnon du brigadier, un solide jeune homme de vingt-cinq ans, réglait le débit de l'énorme poêle à mazout qui occupait le centre de la pièce commune. Jim le présenta :

— Harold Lee, il est ici depuis un mois, son premier poste dans le Nord.

L'autre se leva avec une nonchalance affectée. Il masquait son inexpérience sous un air résolu, mais Max ne s'y trompa pas ; s'il n'avait tenu qu'à lui il se serait précipité sur le sac de courrier, il l'aurait même éventré pour avoir des nouvelles, et il devait maudire le flegme de son aîné qui avait jeté négligemment le tas de lettres et de journaux sur son bureau et ne s'en souciait plus. Jim savait, lui, qu'ils auraient tout le temps de les lire et relire pendant l'interminable nuit polaire qui les attendait.

— Tu permets ? fit Jack.

Il se dirigeait vers l'immense percolateur qui chauffait jour et nuit sur le poêle, en soutirait une tasse de café qu'il noyait de lait...

— Bon vol ! fit Jim. Vous avez repéré les caribous ?

— Ils passeront au sud-est de Reliance dans trois semaines, dit Jack. Veille au grain.

— On ne craint plus grand-chose maintenant : les rivières seront prises dans les glaces d'ici à quelques jours, et la forêt n'est pas assez enneigée pour que les Indiens s'y aventurent avec leurs chiens. Faudra simplement que je surveille Pietro !

— Je croyais qu'il abandonnait !

— Penses-tu ! Tu as connu un chercheur d'or qui abandonne ? Il mourra sur son drill... comme tous les autres et sans rien trouver.

Pietro, ancien mineur de Yellowknife, lassé de forer pour les grandes compagnies, s'était un jour établi à son compte. Et il prospectait à la limite des Barren, un secteur trop éloigné pour que quiconque s'y intéressât. Comme il était né il y a une cinquantaine d'années sur le territoire même, d'un père italien et d'une mère indienne, il était l'un des derniers Blancs à posséder le permis de chasse permanent des autochtones. Libre à lui de trapper, de chasser toute l'année, et au fond c'est de cela qu'il vivait, plus que de l'or dont la recherche engloutissait tout l'argent des fourrures. Ce solitaire absolu habitait à dix miles de Reliance, une petite « cabin » construite de ses mains au fond d'une crique abritée de l'Artillery River. Ses seuls contacts, il les avait avec les M.P. de Reliance et quelques Indiens de passage au moment des grandes chasses avec qui il faisait du troc, mais une fois par an il entreprenait, au début de l'été arctique, le voyage en canot par le grand lac, jusqu'au comptoir de la baie d'Hudson de Yellowknife. Huit jours de bringue suffisaient à lui faire perdre la moitié de sa fortune, avec le reste il achetait provisions et outils pour son forage, puis repartait pour le long voyage de cinq cents kilomètres qui le ramenait à sa hutte des Barren. Un homme sans histoire d'ailleurs, sinon qu'il abusait parfois de son autorisation de chasse permanente pour massacrer beaucoup plus de caribous que n'en nécessitait sa provision de viande séchée.

Il se fit un long silence durant lequel les quatre hommes évoquèrent la destinée curieuse de cet homme en marge de toutes lois humaines.

Jim et Harold étaient liés par leur serment et leur appartenance à la plus ancienne force de police du Canada ; Jack, par ses retours réguliers dans les laboratoires et les ministères d'Ottawa, ne pouvait lui non plus renier sa civilisation.

Max se dit que des quatre hommes ici présents il était peut-être le plus libre. Bien sûr, il y avait l'avion et ses servitudes, mais s'il le désirait, il pouvait renoncer ; là-bas à Snowdrift, la vie avec Rosa, la chasse, la morale simple et profonde des Indiens suffiraient à assurer son

38

bonheur. De tous, peut-être, il était celui qui comprenait le mieux le comportement de Pietro. Pietro vivait pour sa passion de l'or, de cet or qu'il ne trouverait jamais, ou en si faible quantité qu'il ne lui servirait à rien ; il vivait dans l'espoir de trouver un jour le drill le plus riche, le grand filon qui ferait du fils de l'émigrant italien l'homme le plus riche du monde.

Max se dit aussi qu'il était le plus heureux de tous, car il n'attendait rien d'autre en ce monde que la sérénité d'une existence en marge d'une civilisation qu'il jugeait décadente, protégé contre le monde et contre ses propres faiblesses par le mystère de la grande forêt arctique.

Jim rompit le silence.

— Vous étalerez vos sacs dans ce coin, je vais faire un peu de place ; toi, Harold, prépare le dîner...

Le froid devait être très vif car des étoiles de givre scintillaient sur les vitres des petites fenêtres. Un loup hurla lugubrement quelque part, très près de la maison, et les chiens affolés répondirent à son appel autoritaire par des gémissements, des plaintes, des jappements brefs, des accords modulés qui augmentèrent d'intensité jusqu'à couvrir le bruit du visiteur nocturne.

— Un loup gris, dit Jack. Il a senti les chiennes. Tu en as combien dans ta traîne ?

— Trois.

— Double les chaînes et les colliers, si tu veux les retrouver !

Comme le concert des chiens devenait intenable, Jim sortit sur le pas de la porte et commanda d'une voix forte :

— Paix, Tarzan ! Paix, Silver !

Il y eut encore quelques murmures, puis on n'entendit plus que le bruit du vent qui flagellait les cimes des épicéas. Jim, ayant consulté le ciel, se tourna vers les aviateurs.

— Faudra pas tarder à partir demain matin! Les signes sont là, le grand blizzard d'automne va commencer. A moins que vous ne désiriez hiverner avec nous, ça ferait de la compagnie à mon jeune ami! Il me trouve peu causant, dit Jim en riant.

Harold rougit, comme pris en faute. Il vouait à son chef une admiration sans borne. Depuis quinze ans dans les territoires du Nord-Ouest, parlant le dialecte cree dans toutes ses nuances, Jim était un exemple. Nul doute qu'il eût été désigné à un poste plus important que ce coin perdu, où tout juste pendant l'été il voyait passer quelques Indiens chasseurs, s'il n'avait été un célibataire endurci; l'administration n'osait pas envoyer des femmes à Reliance! Trois mois de solitude dans la nuit polaire, ça rend fou les hommes les plus sages. Harold avait insisté pour venir à Reliance, l'aura de pionnier qui entourait le brigadier Jim n'était pas surfaite; Harold s'était dit à juste titre que, s'il voulait apprendre son métier, il fallait s'éloigner au plus vite des casernes de province et même des centres administratifs importants du Grand Nord comme Fort-Smith ou Yellowknife. Mais maintenant qu'il était sur place, il se demandait parfois avec un serrement de cœur : tiendrai-je le coup?

Jim lui avait dit :

— Maintenant que tu es là, abandonne tes souvenirs, ne pense plus à ce que tu as laissé dans le Sud, écris le plus rarement possible pour recevoir le moins de nouvelles possible. Pour vivre dans la solitude il faut être seul. T'entends? Voilà pourquoi je ne me suis jamais marié.

Harold n'avait jamais osé lui parler de sa fiancée, avait renoncé à épingler au-dessus de son lit de camp sa photo et celle de ses parents, épiciers quelque part dans le sud de l'Alberta. Mais parfois, quand Jim dormait, il ouvrait sa valise, sortait ses trésors et passait de longues heures en contemplation devant ces images jaunies qui le rattachaient au monde. Puis il fermait brusquement la valise. Jim avait raison, il s'amollissait. Ainsi, tout à l'heure, il avait failli se précipiter sur le sac de courrier, mais cela ne se reproduirait plus. D'ailleurs il n'y aurait plus de courrier jusqu'au mois de mars de l'année prochaine !

Le jeune policier disposait les couverts sur la table. L'intérieur de la hutte était confortable, les parois faites de troncs entiers de spruce étaient recouvertes de feuilles de contre-plaqué peintes en blanc, ce qui donnait à l'ensemble une allure de clinique. Le poêle central ronronnait vingt-quatre heures sur vingt-quatre, tout était accueillant, un canapé râpé formait un coin de repos, dans un autre angle un bureau à étagères remplies de dossiers bien classés et sur lequel le dernier rapport inachevé attendait, symbole de l'administration. Le coin-cuisine était surmonté d'une hotte, le fourneau à mazout était de vastes proportions, et un grand cylindre à cumulus retenait la provision d'eau chaude ; tout était propre, net, ciré, des patins attendaient les visiteurs dans le vestibule, mais conformément à la coutume les aviateurs avaient retiré leurs bottes avant de pénétrer dans la salle commune.

Ce confort, cette quiétude, ce souci de recopier dans le moindre détail la vie d'un policier à Montréal ou à Edmonton faisait sourire Max, mais il ne le montrait pas. Il préférait, ô ! combien, sa hutte rustique de Snowdrift, où quelques concessions seulement — le poêle à mazout et un four de cuisine — rappelaient les biens dont il s'était détaché. Comme elle lui paraissait plus chaude et plus humaine, sa maison de trappeur, avec ses poutres dorées étanchéiées par des tampons de fibre de verre glissés dans les jointures, son sol rugueux de terre battue, mais où une énorme peau de bison déployait sa fourrure noire si douce aux pieds nus !

Ils mangèrent lentement, sans dire un mot. Harold, le plus jeune, faisait le service. La soupe aux pois et au lard fumait, le reste c'étaient des conserves, mais Max n'y prêtait plus attention, vingt ans de Grand Nord l'avaient accoutumé à la mode américaine. Il songea que bientôt il serait de retour, et alors Rosa lui mitonnerait un ragoût d'élan ou un white-fish bien gras tiré du lac !

Rosa ! Elle revenait sans cesse dans ses pensées. Elle y tenait plus de place désormais que son désir de vie libre au sein de la grande forêt primitive.

Ses trois compagnons étaient rivés à leur poste par le devoir et l'accomplissement d'une tâche qu'ils aimaient par-dessus tout, car la vie du bush est exaltante pour quiconque y trouve œuvre à accomplir. Le père Keredec y restait par esprit de charité chrétienne, les deux mounties parce qu'ils avaient conscience d'accomplir la plus noble mission de civilisation et de protection qu'on puisse confier à un soldat, Jack se dévouait à la protection de la faune arctique, mais lui, Max, ne songeait qu'à l'amour, car il avait découvert Rosa et toute sa vie avait été modifiée !

Rosa ! Bien sûr, se dit-il, c'est ce qui manque ici : une présence féminine. Pour lui, cela ne poserait aucun problème : vivre à Fort-Reliance dans ce total isolement, pourquoi pas ? Avec Rosa il y aurait vécu tout aussi bien qu'à Snowdrift. Ne se sentait-il pas heureux à l'approche du terrible hivernage tant redouté de ses compagnons ? Pour eux ce sera la longue, l'interminable attente de la faible lueur annonciatrice du premier jour, et dans trois mois, le retour du soleil salué comme la source suprême de la vie sur terre. Mais pour Rosa et lui, qu'importe ! Ils seront bien au chaud dans leur hutte de rondins et les heures passeront, lourdes de bonheur, à parfaire leur amour dans le désordre des fourrures jetées sur leur couche ; quand ils seront las de s'aimer, ils attelleront les chiens et dans le froid terrible ils trapperont les fourrures et reviendront la peau tannée, les yeux rougis par les blizzards, recommencer leur grand jeu un instant interrompu.

Ici tout annonçait l'ordre, la discipline, la rigueur, les carabines astiquées, alignées au râtelier d'armes, sous l'étagère de l'entrée, les bottes de cérémonie bien cirées et qui ne servent qu'aux visites officielles ; par la porte ouverte de la cloison qui séparait les chambres du living-room, Max pouvait admirer l'ordre qui régnait : les larges chapeaux de scout accrochés aux patères, sur un cintre le dolman rouge et la culotte bleue soigneusement brossés et pliés que les mounties ne mettaient pratiquement que le jour du serment, car dans le Nord ils portaient de gros vêtements de toile grise, le parka rigide à larges poches et col de fourrure et, sur la tête, la casquette à oreillettes l'été et l'hiver le bonnet de trappeur en fourrure de rat musqué, écussonné de l'insigne métallique doré de la M.P. Troupe d'élite. la police montée continuait à servir. « Police montée, disait ironiquement Jim, il y a quinze ans que je n'ai mis le cul sur un cheval ! A pied, en raquettes, en avion, derrière nos chiens, soit. Pourtant nous sommes toujours les mounties ! » Et il rayonnait de fierté.

Ils allumèrent les pipes, Harold desservit, fit la vaisselle.

Ils parlaient peu, écoutaient beaucoup, tous leurs sens en éveil, car ils étaient devenus sans le savoir des bêtes des bois et les signes de la nature les émouvaient plus profondément que le son de la voix humaine. Dehors le blizzard soufflait par rafales brusques, puis le silence revenait, total, lourd de tous les mystères de la forêt ; à plusieurs reprises le concert des chiens reprit — hurlements désespérés, poignants, qui se traînaient en longues plaintes puis cessaient brusquement.

— Eux aussi sentent la tempête, fit Jim. Tu as toujours tes chiens, Max ?

— La meute est à Rosa, dit-il en riant, n'oublie pas que les femmes indiennes sont jalouses de leurs biens.

Jim tira sur sa pipe, sans répondre.

Comme tous les Blancs des territoires il désapprouvait ce mariage mixte, et il n'eût pas aimé que Max se présentât un jour chez lui avec sa femme — qu'il lui aurait fallu recevoir comme l'épouse d'un Blanc. Max ne lui avait jamais fait cet affront. Alors il évitait de parler de Rosa, et il avait fallu cette fois que ce fût Max qui lançât la conversation sur ce sujet brûlant.

Jim biaisa.

— N'aurait-elle pas un ou deux chiots à vendre ? Il faut que je renouvelle mon attelage, le chien de tête est vieux, son second ne me donne pas satisfaction, je veux en dresser un jeune.

Jim savait que les chiens de Max et de Rosa étaient les meilleurs de tout le district, de purs huskies, plus larges et plus forts que les chiens indiens multicroisés ; Max avait conseillé Rosa, et il lui avait donné deux belles chiennes huskies en provenance des Eskimos d'Aklavik ; Rosa les avait attachées par une chaîne à un arbre de la forêt pour les faire couvrir par les loups. Car les loups dévorent les chiens mais ne différencient pas les chien-

44

nes de leurs propres femelles. La race alors retrouvait sa vigueur, son sens de la forêt, et les connaisseurs admiraient les portées qui se succédaient et que Rosa vendait à prix d'or.

— Je lui en parlerai, Jim, et si elle est d'accord, je te passerai un message radio ; elle te les dressera cet hiver et tu les auras à ma prochaine visite, au printemps prochain.

— Votre femme ne s'ennuie pas ? dit lourdement Harold. Snowdrift, ça ne doit pas être plus drôle que Reliance ?

— Jim rougit brusquement, Max eut un regard amusé, se tourna vers le jeune policier.

— Jim ne vous a donc pas dit que mon épouse était une pure Indienne ? Tu es un cachottier, Jim !

Le brigadier dissimulait mal sa contrariété.

— Excusez-moi, Max ! dit avec confusion Harold.

— Vous excuser, pourquoi ? Quel mal y a-t-il à cela ?

Jack prit pitié du jeune homme, qui s'enferrait de plus en plus et relança la conversation.

— Dis-moi, Max, moi aussi je suis preneur pour un chiot, je dois disputer la course de chiens, et il me faudrait bien un ou deux éléments de plus, si je veux battre ces sacrés M.P. de Yellowknife.

L'année précédente, c'était eux qui avaient remporté l'épreuve : cent quarante miles, en seize heures de course, devant Jacky McLeod.

Rosa qui avait fait conduire sa traîne par son jeune frère de quatorze ans n'avait eu que la troisième place, mais cela tenait surtout à la jeunesse du conducteur.

— Normal, disait Max, des chiens de M.P. ça ne fait pas grand-chose, c'est nourri comme des bœufs à l'engrais... ça tire lourd mais ça ne chasse pas. Trop nourris, tes chiens, Jim ! Les nôtres, Rosa les laisse quelquefois huit jours sans manger, alors quand elle part pour la chasse, je te jure que ça trotte ! Ils sentent les caribous à deux miles !

— Sauvages, dit Jack, mi-sérieux, mi-plaisant, car il savait lui aussi qu'un chien trop bien nourri ne chasse pas et que, si les Indiens veulent vivre, il faut qu'ils tuent du gibier.

Jim avait branché son poste radio, c'était l'heure de la liaison avec Fort-Smith, chef-lieu du district ; alors s'échangeaient sur les ondes tous les potins et nouvelles des immenses territoires du Nord, chacun parlait à l'autre, à cet ami inconnu qu'il n'avait jamais rencontré et qui vivait souvent à plusieurs milliers de kilomètres, isolé dans sa cabane confortable, au bord d'un lac dans une bouche de rivière ou sur le grand fleuve.

Des voix nasillardes se succédaient, parfois tout se brouillait, un poste plus fort intervenant dans la conversation, et Jim maugréait, cherchait, en réglant au dixième de millimètre près, à réduire au silence cet interlocuteur importun, mais Max, amusé, lui disait :

— Laisse, Jim, ce sont les missionnaires de l'île Southampton, demande-leur plutôt si les ours polaires sont déjà revenus pour l'hivernage !

Et tous imaginaient la grande île au nord de la baie d'Hudson, nue et arasée, brillante de tous ses granites polis et repolis en dômes, en coupoles, sertis dans le gazon roux des terres arctiques, balayés par les tempêtes, et dans le coin le plus abrité, la mission, un père oblat et ses Eskimos, et toute cette vie qui allait s'arrêter et végéter pendant six mois... Par contraste, ils se sentaient bien ici, au cœur de la taïga, sous le couvert vivant des arbres, au bord des eaux calmes du fjord, vivant dans une abondance apparente de vivres et de gibier.

46

Pourtant tout cela n'était qu'un leurre. Ici, comme là-bas, le gibier nombreux était presque insaisissable et, l'hiver, le froid si cruel que le fer des haches éclatait dans le temps même où l'arbre s'abattait.

La grande lampe à pétrole qui éclairait la pièce se balançait doucement sous l'action d'un courant d'air ; Harold se leva, dégaina son couteau de chasse, découvrit la fuite entre deux planches, l'obtura avec de vieux journaux qu'il tassait et faisait pénétrer avec la lame, puis vint se rasseoir et coudes sur les genoux attendit l'inattendu.

Dehors, le vent clamait sa détresse en faisant vibrer les harpes des arbres, et sa plainte allait en durcissant.

Jim secoua la tête :

— Vous ne partirez pas demain, Max, j'en ai bien peur !

Max ne répondit pas ; dans le Nord on ne sait jamais quand on part, quand on arrive, et ni Jack ni lui ne s'inquiétaient. Son seul souci était qu'avec la tempête le froid ne s'abatte pas brutalement et avec force. En effet, si le fjord gelait, ils ne pourraient plus décoller ; Jim serait obligé de leur prêter ses chiens et sa traîne pour aller à Snowdrift et en ramener les skis de l'avion, et ça prendrait plus d'une semaine aller et retour.

Le pilote se leva.

— On vous laisse dormir, demain on avisera. A quelle heure prends-tu les nouvelles, Jim ?

— 6 heures, je demanderai la météo.

— Renseigne-toi sur la visibilité à Yellowknife.

Max et Jack étalèrent à même le plancher leurs sacs de couchage, s'y glissèrent tout habillés, la tête reposant sur leurs parkas pliés en forme d'oreiller.

Max tira une dernière bouffée de sa pipe.

Harold passa dans sa chambre, Jim attendit que chacun fût paré pour dormir.

— J'éteins ?

— Salut, Jim, bonne nuit.

Le brigadier éteignit la lampe, referma la porte de sa chambre.

— Bonne nuit, Jack, dit Max à son compagnon.

— Bonne nuit, Max, dit Jack, d'une voix sourde, à moitié endormi déjà.

Max envia son compagnon. Le jeune savant ne se posait pas de problèmes. A force de vivre dans le bush ou sur les Barren il était devenu comme les Indiens, fataliste, vivant au jour le jour, dormant très peu mais profondément, éveillé avant l'aurore. Le voici qui ronflait maintenant, et Max le secoua pour le faire changer de position.

Pour lui le sommeil ne venait pas. Il en cherchait les raisons. Peut-être la joie de savoir que demain ou au plus tard dans trois jours il retrouverait Rosa ? Alors pourquoi cette sourde inquiétude qui se glissait en lui, indéfinissable et qu'il ne parvenait pas à contrôler ? La tourmente qui s'annonçait ? Bah ! Il en avait connu d'autres, et même s'ils ne pouvaient décoller l'hydravion demain, eh bien ! il partirait avec les chiens de Jim, ça ne serait pas désagréable, une semaine de bush, avec la chance de tirer un ou deux caribous qu'il rapporterait à Rosa ; peut-être même un « moose », un gigantesque original avec ses bois au maximum qui feraient un bien joli trophée !

Aucune position n'était bonne, il ne faisait que se tourner et se retourner. Mêlé à la respiration régulière de Jack, il percevait le grand murmure de la nature qui gémissait dans toutes ses branches, dans toutes ses eaux, et parfois une courte bourrasque frappait de plein fouet la cabane avant le silence des accalmies. Tout en cette nuit était normal. Alors que signifiait cette inquiétude latente, cette angoisse qui lui vrillait le côté ? Prémonition d'un malheur ? Il croyait avoir définitivement chassé le doute et voici que son cœur battait plus vite, comme jadis avant le départ pour les bombardements sur la Ruhr. La guerre était si loin déjà ! Non, c'était impossible. Rien ne pouvait lui arriver, rien qui puisse briser le bonheur et la sérénité de sa nouvelle existence. « Allons, se dit-il, tu te fais vieux, la moindre fatigue t'éprouve, secoue-toi, demain tu décolleras et dans deux jours tu auras retrouvé Rosa. »

Il sourit à cette vision : où était Rosa à cette même heure ? Dans leur cabane de Snowdrift ? Sur le grand lac ? Sur une piste ? Bivouaquant avec son jeune frère, le long de sa trap-line ? Imbécile de Jim ! Pourquoi avait-il caché l'existence de Rosa à son nouveau compagnon ?

Etait-ce donc une tare que d'épouser une Indienne ? Ne serait-il pas plus heureux, Jim, avec une épouse comme Rosa qui lui apprendrait la vie secrète du bush ? Mais non ! Impossible ! Un M.P., Irlandais de surcroît, n'épouse pas une Indienne, sinon l'avancement...

Il dormait profondément lorsque Jim le secoua ; il ne faisait pas encore jour, mais à travers les vitres gelées, des phantasmes laiteux annonçaient l'aurore.

4

La bise de l'est venue du grand lac pénétrait toujours plus âpre et glaciale sous les arbres de la forêt. Rosa se dressa, jeta de nouvelles branches sur le foyer et vint s'accroupir devant les braises qui craquaient doucement, ouvrant des gueules pavées de rubis, laissant filtrer à travers leurs crevasses de minces filets de fumée bleuâtre. Maintenant le feu reprenait avec une ardeur nouvelle et Rosa contemplait, avec une joie toujours renouvelée, le mystère qui d'une branche sèche fait un éblouissement de formes et de beauté ; une flamme torturée, frémissante, qui chuinte et pleure parfois comme un nouveau-né, puis lance des étincelles et se consume en une fumée bleue irréelle... Elle se dit que c'était ainsi sans doute que les âmes des vivants rejoignaient le ciel. Certes elle était chrétienne, et catholique, et sa foi comme celle de tous les Indiens était profonde car elle venait du plus lointain des passés, mais ce Dieu que le père Keredec lui avait appris à aimer et à vénérer, n'était-ce pas le même que celui qui protégeait ceux de sa race et que de tout temps ils avaient imploré ?

Pourtant elle se souvenait que, malgré les enseignements du père Keredec, elle avait péché contre ce Dieu, et avec Max ! Elle n'avait cependant aucun remords. Il

51

croyait l'avoir prise, mais c'était elle qui s'était donnée. Mais aussi pourquoi, après l'avoir tant dédaignée quand elle était petite, Max venait-il sans cesse dans la hutte où elle apprenait à lire et à écrire à ses petits frères, sœurs et cousins ? Il prenait prétexte de l'aider, de la conseiller. Elle savait, bien sûr, qu'il y avait une autre raison. Il restait des heures entières à la regarder enseigner ; elle était ferme et autoritaire malgré sa jeunesse, et les gifles et les coups de baguette pleuvaient ferme sur ses petits élèves, mais aucun ne se plaignait. Ses nouvelles connaissances l'avaient placée bien au-dessus des autres, et Tuktu était fier de sa fille, plus fier d'elle seule que des sept autres enfants que lui avait donnés sa femme. Elle commanderait un jour à Snowdrift, elle en était persuadée, car si tout le monde croit que l'Indien est le chef suprême et méprise les femmes, en vérité il n'en est rien. La femme dirige tout, tient les comptes, évalue le produit des chasses, prend les décisions, mais laisse croire à l'homme qu'il est le seul maître. Oui, Rosa serait le chef des Dry-Geese, elle s'en était fait le serment.

Max était venu de plus en plus souvent et il lui avait demandé :

— Veux-tu m'apprendre le montagnais ?

— Si tu veux. Mais ce sera difficile.

Difficile, Max le pressentait, le dialecte montagnais étant, comme toutes les langues venues de la préhistoire, l'une des plus difficiles à apprendre et à assimiler pour un Blanc. Alors il avait répété avec elle : Kon : le feu, T'v-é : l'eau, c'étaient les deux premiers mots qu'il avait sus, les plus indispensables. Puis les noms des bêtes sauvages : Anda : l'aigle, Nonia : le carcajou. Elle avait ri en apprenant que ce fauve qu'elle exécrait comme tous les Indiens, pouvait s'appeler selon les lieux, soit une wolverine chez les Anglais, soit un glouton ou un carcajou chez les Français.

— Chez nous, un seul nom suffit pour désigner les choses.

Au fil des jours, il avait retenu d'autres mots, amorcé des bouts de phrases, et généralement cela finissait par de grands éclats de rire, tant elle trouvait drôle et bizarre sa prononciation. Un jour Max, un peu irrité, avait dit au père Keredec :

— Cette gamine se moque de moi, mais leur langue est impossible !

— Patience, avait dit le père, j'ai mis quinze ans à l'apprendre et lorsque je vais dans une autre tribu, on rit de moi car d'un lieu à l'autre la prononciation et même certains mots changent ; et les Indiens sont très fiers de nous prendre en faute !

Un jour d'automne, Rosa, prétextant de vacances scolaires accordées à l'occasion d'un quelconque anniversaire royal, avait décidé de partir chasser dans le bush. Max lui avait dit :

— Tu pars seule ?

— Non ! mon frère cadet m'accompagnera.

— Tu ne veux pas m'emmener ? J'en ai assez de ne connaître la forêt que vue du ciel !

— Si tu veux. On ira dans l'est, je sais où trouver des mooses !

Mais à l'aube, le jeune frère n'était pas là.

— Il a changé d'idée, dit Rosa, tant pis !

Elle mentait, c'était elle qui avait dit à l'enfant de rester. Une sorte d'instinct la poussait à partir seule avec l'étranger : n'était-ce pas l'homme qu'elle aimait depuis toujours ?

Ils avaient pris un vieux canoë et pagayé en remontant une rivière, et ils n'avaient pas échangé une phrase

53

pendant des heures ; plus tard Max lui avait dit qu'il avait été profondément bouleversé en pénétrant sous le couvert de la grande forêt. Il en écoutait toutes les voix inconnues, scrutait les rivages, il lui semblait sortir de sa propre vie, pénétrer dans un monde nouveau.

Dans un méandre de la rivière, ils avaient aperçu devant eux un bel ours noir, qui pêchait le saumon. Max avait voulu tirer mais elle l'en avait empêché :

— Ce que je veux, c'est un moose ! Les ours, on les déneigera cet hiver quand ils dormiront ; si tu tires, toute la forêt sera en alerte.

Ils avaient abandonné le canot dans une retraite sombre où la rivière formait de petits rapides, puis Rosa avait pris la tête. Elle marchait avec souplesse sans laisser de traces, sans briser une branche, et bien qu'il fît son possible pour l'imiter, à plusieurs reprises il avait fait rouler un caillou, cassé un bois mort ; alors elle se retournait et un doigt sur les lèvres l'incitait à plus de prudence. Elle allait sans fatigue, examinant les traces laissées dans la glaise par les animaux venus à l'abreuvoir.

Avec Max, elle s'enfonçait au cœur des fourrés inextricables où les arbres morts de vieillesse gisaient entremêlés sur la mousse ; des nuées de mouches s'échappaient du muskeg mais elle n'en souffrait pas. Max, importuné par l'immonde nuée qui lui flagellait le visage, se retenait pour ne pas jurer.

Plus tard elle avait interrompu leur marche, ils cheminaient depuis des heures, et si elle ne ressentait aucune lassitude, Max, lui, faiblissait, et de cela elle se réjouissait ; dans cette forêt, elle était le chef et le prouvait, et son bien-aimé était à elle. Ils retrouvèrent plus loin la piste fraîche d'un élan et redoublèrent de précautions. Elle s'arrêta. Le vieux moose était embusqué dans les fourrés.

Elle se souvenait encore de toutes leurs paroles :

— Là, avait-elle dit.

Et comme Max ne voyait rien, elle lui avait fait signe de ne pas bouger : un gros mâle était à l'arrêt dans une tourbière, avec de l'eau jusqu'à mi-cuisse.

— Tu le vois ? avait-il dit, étonné.

— Non, je sais qu'il est là, maintenant laisse-moi approcher.

Elle s'était avancée avec précaution, et elle ne savait pas ce qui faisait battre son cœur plus fort : la présence du grand élan, qu'elle devinait à travers l'entrelacs des sous-bois, ou le regard de Max qui, derrière elle, devait la suivre des yeux.

De l'élan, elle ne distinguait que la masse très sombre d'un corps volumineux, masqué par les branches, mais elle savait qu'il était prêt à fuir ou à charger, planté sur ses échasses, ses bois énormes redressés, l'oreille aux aguets. Elle avait armé sa 303 Winchester avec délicatesse. Un simple déclic eût suffi à mettre en fuite l'orignal dont l'ouïe est la seule sauvegarde, car il a mauvaise vue et piètre odorat, comme tous les ruminants de la forêt.

Max s'était approché d'elle lentement. Elle en avait été contrariée car par maladresse il aurait pu faire fuir la bête ; plus tard il lui avait dit qu'il avait eu très peur pour elle car un vieil élan solitaire est très dangereux et sa charge implacable.

Sans se retourner, d'un geste impératif de la main, elle l'avait immobilisé, puis elle avait épaulé très lentement, visé avec soin et tiré. Sans attendre le résultat elle avait bondi à travers les branches.

— Viens, je l'ai touché !

Dans la petite mare où il s'était réfugié, le grand élan, blessé à mort, les reins brisés, essayait vainement de se relever, se dressait sur ses pattes de devant, retombait.

— A mon tour, avait dit Max.

Il avait épaulé sa carabine, et d'une balle décisive avait achevé le cervidé.

— Tu tires bien, Max, avait dit Rosa.

Il ne lui avait pas répondu. Il était heureux, il l'avait prise à bras-le-corps et il allait l'embrasser ; surprise, elle avait eu un léger recul et Max avait alors rougi, comme un écolier pris en faute.

Puis ils étaient entrés dans la mare peu profonde et unissant leurs forces ils avaient tiré l'élan sur le bord ; il ferait bien trois cents kilos de viande nette. Ensuite Rosa lui avait appris à le dépouiller, à découper les quartiers de viande, qu'elle accrochait au fur et à mesure aux branches des spruces ; ils étaient tous deux couverts de sang et les mouches et les moustiques les harcelaient sans répit.

Il leur avait fallu ensuite transporter toute cette viande jusqu'au canot. Max aurait voulu emporter les bois qui étaient magnifiques mais elle s'y était opposée :

— Le canot sera trop lourd, on ne pourra pas tout charger, demain mon frère viendra prendre le reste.

A coups de machette ils avaient fait un séchoir sur de hautes branches et y avaient hissé les quartiers d'élans sur un lit de mousse. De cette façon les loups ne pourraient pas les atteindre ; et si un lynx venait, il ne pourrait pas tout manger !

De retour au canot, la nuit était venue, et ils avaient décidé de camper.

Elle avait montré à Max comment construire un auvent de branches de spruces pour abriter le foyer, puis ils avaient fait un grand bûcher. Les flammes montaient dans la nuit. Max chantait en français des airs qu'elle ne connaissait pas. Comme il était heureux ! De vrais gosses. Ils s'étaient regardés et avaient éclaté de rire.

— Si le père Keredec nous voyait, avait dit Max. De vrais bouchers !

Ils étaient couverts du sang de l'élan et comme, pour se débarrasser des mouches, ils se passaient fréquemment les mains sur la figure, leurs visages étaient ensanglantés.

— Viens ! avait dit Rosa — et elle l'avait entraîné vers la rivière.

Max s'était mis le torse nu et, silencieuse, elle avait admiré sa musculature d'athlète. Il n'avait pas les muscles longs et déliés des hommes de sa race, ses biceps et ses avant-bras étaient ceux d'un boxeur et les pectoraux jouaient librement sous la peau claire abondamment garnie de duvet noir.

« On dirait un ours ! » avait pensé Rosa.

L'avait-elle gêné ? Il s'était lavé à grande eau et avait regagné le campement.

— Je vais activer le feu ! Fais vite !

Pourquoi partait-il ? Elle s'était dévêtue lentement et avait frissonné un instant en pénétrant dans l'eau glaciale, puis très vite avait fait ses ablutions. Et comme elle avait maintenant très froid, elle était sortie de la rivière en courant et était revenue vers lui, nue, serrant sur sa poitrine ses vêtements pliés. Quand elle pénétra dans le cercle de lumière et s'offrit ainsi à lui dans toute sa beauté primitive, il se dressa sur le sac de couchage et la regarda avec une telle intensité qu'elle se figea sur place.

Elle se savait belle, mais ce soir-là elle sut qu'elle ne le serait plus jamais que pour un seul homme. Il l'avait appelée d'une voix rauque :

— Viens, Rosa !

57

Mais elle ne bougeait pas, fasciné par ce regard d'homme qui la dévêtait plus intimement encore qu'elle ne l'était, admirant tour à tour la silhouette longiligne, les seins frêles et haut plantés, le fuseau parfait de ses jambes de coureur des bois. Et tout à coup, elle s'était découvert un sentiment nouveau : la pudeur. Jusque-là, il ne l'avait pas effleurée. Garçons et filles se baignent volontiers ensemble dès leur plus jeune âge et bien au-delà de la puberté, et cela n'a jamais choqué les Indiens ; et si parfois un jeune couple s'égare dans le bush, il ne fait qu'obéir à une loi naturelle. C'est ainsi que la plupart du temps les jeunes Indiens se choisissent et s'épousent. Rosa avait déjà connu d'autres garçons et cela n'avait en rien marqué sa sensibilité. C'était peut-être la seule chose que le père Keredec n'était pas arrivé à réformer chez les Indiens ; ils ignoraient le péché originel, ils ignoraient la pudeur. Bien sûr, il les sermonnait et se hâtait de marier les coupables, mais au fond de lui-même il se disait : « Ne sommes-nous pas de plus grands pécheurs avec notre hypocrisie ? » Mais de cela, il ne s'était jamais ouvert à ses supérieurs.

— Viens, Rosa, avait répété Max.

Elle était venue à lui lentement, avec gravité. Ce qui l'attendait, ne l'avait-elle pas cherché, désiré, provoqué ? Mais voudrait-il ? Elle n'attendit pas longtemps pour savoir. A peine s'était-elle glissée dans le sac de couchage qu'il l'avait prise dans ses bras et embrassée. Elle avait accepté cette caresse avec maladresse car ce baiser sur la bouche n'était pas dans les jeux amoureux des Indiens ; s'ils désiraient une fille, ils la prenaient, à condition qu'elle veuille bien ! On ne viole pas une Indienne, elle se donne si elle en a envie.

Ce soir, Rosa désirait Max, mais au lieu de la prendre brutalement comme l'aurait fait un Indien, il caressait doucement son visage, ses cheveux sombres, l'embrassait à nouveau. Un trouble délicieux s'était emparé d'elle, et elle s'était abandonnée, yeux clos, dans les bras musclés de l'homme. Il parlait doucement, lui disait des mots inconnus qu'elle ne comprenait pas mais qui devaient rassembler toute la tendresse et l'amour de la terre.

— *I love you, Max !*

— Pour toujours, Rosa ?

— Toute la vie, Max !

A l'aube, Rosa s'était glissée hors du sac de couchage, s'était habillée en hâte, avait préparé sur les braises le café et les œufs au bacon. Max, harassé, dormait toujours. Elle s'était enhardie et, penchée sur lui, l'avait embrassé sur les lèvres, comme il le lui avait appris. Et lui, tout en rêvant, enroulait sa main dans les nattes de soie noire, attirait la jeune femme vers lui.

— Rosa, ma vie, mon bonheur !

Ils rentrèrent à Snowdrift dans la matinée et tout de suite Rosa envoya ses frères chercher les restes de l'élan. Puis, altière et sereine, elle se dirigea vers la hutte où elle enseignait. Le père Keredec était venu l'y retrouver. Elle s'attendait à cette visite. Elle l'aimait et le redoutait, car elle savait qu'il pouvait lire en elle.

— Rosa, tu as fait des bêtises ! avait dit le bon père.

Elle n'avait rien répondu.

5

— Max ! Oh, Max !

Le pilote qui s'était endormi très tard dormait à poings fermés et le brigadier M.P. dut le secouer rudement pour le réveiller.

— Tu dis ?

— Je dis que si tu veux décoller, il faut te presser. La météo signale une forte tempête qui sera sur nous dans une heure ou deux ; tu peux encore la gagner de vitesse jusqu'à Yellowknife ! Là-bas, visibilité mauvaise, rafales de neige au sol, mais tu connais le coin. Ils te prendront en charge.

Max passa du sommeil au réveil sans transition, comme une bête sauvage ; c'était devenu un réflexe depuis son long séjour dans le bush, et deux heures de sommeil profond suffisaient à lui rendre tout son influx nerveux.

— Debout, Jack ! On fout le camp !

Mais son compagnon était déjà prêt. La cafetière fumait sur la table, Harold faisait frire les œufs au bacon ; ils avaient tout préparé pendant qu'il dormait.

Les aviateurs attendirent le jour, qui tarda longtemps. Dehors, le froid était très vif. Pendant la nuit une mince couche de neige avait poudré les épinettes, recouvert la plage. Le bras du lac, allongé comme un fjord, brillait sous les premières caresses de la lumière.

— Moins 15°! annonça Jim. Il y a une fine pellicule de glace sur l'eau, de deux ou trois millimètres, mais elle s'épaissit d'heure en heure ; à midi, il sera trop tard.

Ils transportèrent leurs sacs que les policiers aidèrent à charger. Harold et Jim poussèrent l'hydravion sur le plan d'eau, la glace se brisait sous les flotteurs et ses éclats produisaient une musique cristalline, contrastant avec le déferlement sauvage des vents en altitude.

Il fallut laisser tourner le moteur une bonne demi-heure avant que la température de l'huile redevienne normale. Max suivait avec attention la lente montée de la pression dans les jauges ; parfois, d'un coup de manette, il poussait le moteur, et le frêle avion tremblait comme un coursier au départ, mais, insatisfait, baissait aussitôt de régime.

Max déplia ses cartes, Max brancha la radio, appela Yellowknife :

— Calling Big Tom, calling Big Tom, here is Ptarmigan, Ptarmigan calling Big Tom, O.K. Roger Roger. On décolle !

Les adieux furent rapides.

— Salut, Jim ! A la fin de l'hiver ! Salut, Harold, on bavardera de temps à autre sur les ondes, on parie cinq dollars pour celui qui apercevra le premier le retour du soleil. Tenu !

Max fit jouer les commandes, ça répondait ; les deux policiers tournèrent le nez de l'appareil vers le centre du plan d'eau, puis ils reculèrent sur la berge, firent un signe de main.

Max glissa lentement et le poids de l'appareil brisa la pellicule de glace, laissant derrière lui un sillage d'eau libre.

— On va faire deux ou trois passages dans le courant, dit Max, comme cela la glace n'aura pas le temps de se reformer.

Il fit comme il avait dit et se fraya un chenal d'eau libre de quelques centaines de mètres de longueur, puis, confiant, il lança son moteur et décolla superbement dans un jaillissement d'eau et de glaçons !

— O.K., fit-il en levant le pouce.

Déjà Fort-Reliance n'était plus qu'un souvenir. Ils survolaient la forêt en rase-mottes car un plafond de nuages se maintenait à moins de cent mètres au-dessus d'eux, et ils devaient voler dans un étroit couloir, frôlant le hérissement dangereux des spruces, passant de justesse sur les coupoles de granite dénudées. Enfin le fjord s'élargit, et devant eux miroita, immense, infini, le grand lac des Esclaves.

— Ça va mieux ! dit Max. Si la brume ne s'en mêle pas, en survolant le lac on ne risque pas de percuter une colline.

Le relief de cette région était tourmenté à l'extrême, formé de cuvettes bordées de parois rocheuses où somnolaient des lacs figés dans l'immobilité de l'hiver.

Ils laissèrent, au nord, l'immense baie McLeod qui forme comme un lac secondaire, traversèrent la péninsule de Douglas, retrouvèrent les eaux libres.

Dans deux cents miles ils seraient à Yellowknife.

Mais brusquement les nuées qui couraient aussi vite qu'eux dans le ciel se mirent à tourbillonner, à les secouer durement ; par moments des trous d'air rabattaient le petit hydravion jusqu'à quelques mètres des eaux du lac, où la tempête soufflait provoquant des vagues courtes et brusques qui chaviraient les glaces flottantes descendues du nord. La météo n'avait pas menti ! Ils n'avaient plus qu'une solution : atteindre

Yellowknife avant la tempête qui les prenait de vitesse. Le plus court serait d'abandonner le lac, de couper à travers la taïga ; on gagnerait ainsi une cinquantaine de miles, mais en cas de panne, les hommes n'auraient guère de chance d'être retrouvés, alors que sur le lac, malgré la tempête, Max espérait repérer une crique plus abritée où il pourrait poser son hydravion. La décision était grave. Jack pensait pour deux :

— Prends par le nord, Max, « ils » vont te tirer directement sur Yellowknife. Sur le lac on se perdra, bientôt on ne distinguera plus la ligne des eaux. Qu'on fasse une dérive, même peu importante, et nous tournerons en rond ; si nous piquons au-dessus de la forêt, par contre, la dérive nous ramènera vers le lac !

— Tu as raison, Jack, on va couper au-dessus de la forêt, le moulin tourne rond, allons-y.

Il signala sa position à Big Tom qui répondit :

— O.K. Ptarmigan ! Je vous tiens dans mon couloir, mais vous êtes à peine audibles, rappelez fréquemment...

Sans qu'ils y aient pris garde, tout avait disparu, le lac avec ses eaux brillantes, la forêt sombre, le relief, le ciel ; ils traversaient une masse de nuées opaques et bientôt la neige tomba drue et serrée, alourdissant le petit avion qui perdit sensiblement de l'altitude. Max eut de la peine à remonter de quelques dizaines de mètres, mais le givre se formait sur le bord d'attaque des ailes, s'écaillait en larges plaques, se reformait instantanément ; le pilote ne pouvait que se fier à ses instruments de bord et leur existence ne tenait plus désormais qu'au comportement de la petite aiguille du radio-compas qui inscrivait sa route dans la terrible lumière blanche de la tourmente.

Ils volaient sans repère terrestre depuis plus d'une heure. Jack, en signe d'impuissance, avait replié ses

64

cartes, mais son regard acéré de bushman sondait sous les ailes le moindre signe identifiable ; parfois une légère trouée, mais qui ne durait que quelques secondes, laissait entrevoir un pan de forêt ou une nappe d'eau qu'il eût été bien incapable de retrouver sur sa carte.

L'avion devint de plus en plus lourd à gouverner.

Malgré tous les efforts du pilote, il perdait régulièrement de l'altitude. Max alerta son compagnon.

— C'est une folie ! Si ça continue, dans un quart d'heure, on va s'écraser sur les épinettes. Je pique plein sud, on retrouvera peut-être le lac.

Jack fit un rapide calcul :

— Si on n'a pas trop dérivé, on doit rejoindre les rives du lac d'ici à une dizaine de miles !

C'était leur seule chance. Se traîner au ras des eaux.

Max mit le cap à 6 heures, descendant lentement, redressant d'un coup de palonnier l'avion flagellé par le vent oblique. Subitement, à travers les nuées, les éclaircies se firent plus nombreuses et ils virent pointer droit sous eux les lances dangereuses des épinettes.

— Le lac, Max, le lac ! Devant nous !

La masse des eaux brillait comme éclairée par-dessous. Ils distinguèrent les rives tourmentées, découpées en multiples baies. La tempête au ras du lac semblait moins forte que sur la forêt, mais déjà de larges plans d'eau étaient pris par les glaces aux endroits les plus favorables à un amerrissage.

— Tant pis, dit Max, si ça ne va pas, on se posera sur la glace, les flotteurs nous tiendront lieu de skis, s'ils ne se brisent pas !

Il appela sans succès Big Tom, pour signaler sa position.

— Jack !

Celui-ci avait compris :

— On a perdu le contact !

Max ne répondit pas.

— A moi de jouer, dit Jack.

Il déploya sa carte, l'orienta, ébaucha quelques traits au crayon. Mais ils étaient trop près du rivage, et cela obligeait Max à en suivre les contours sinueux et tourmentés ; la distance s'en trouvait triplée. Ils n'auraient jamais assez d'essence.

— Eloigne-toi de quelques miles, que je puisse me repérer, demanda Jack.

Mais dès qu'ils eurent atteint le large, ils furent repris par le vent qui augmentait rapidement d'intensité et leur situation redevint précaire ; parfois l'avion piquait à mort dans un trou d'air, et il n'était pas question pour eux de reprendre de l'altitude, car le plafond baissait à mesure qu'ils progressaient. Devant eux il n'y avait plus maintenant qu'un mince couloir d'air libre entre les eaux et les nuages, mais au-delà ce corridor s'ouvrait comme une porte sur le ciel, marqué par un reflet plus brillant. Ils reprirent courage. Au nord, la lisière sombre de la forêt bordait le lac et tout à coup, au sud, une île apparut. Ils survolaient un chenal étroit qui allait s'élargissant.

— Ça y est, Max, ça y est ! cria Jack tout à coup soulagé. On a survolé Blanchet Island, voici l'île du Caribou ; si on en dépasse la pointe est, on dépasse Yellowknife. Mets le cap à 10 heures et serre la côte, essaye encore la radio !

— Calling Big Tom, calling Big Tom, Ptarmigan. Calling !

Et tout à coup, dans le grésillement, la voix qui sort très nette :

— Ptarmigan ! Par où êtes-vous passés ? Je vous

cherchais sur les Barren, votre position 62° 114, cap à 10 heures, je vous tiens !

Les deux aviateurs se regardèrent, sourirent. Ouf ! une fois de plus.

Mais la jauge d'essence avait baissé considérablement.

— Tu ne vois pas qu'on tombe en panne sèche par ici ! dit Mac.

— Ça ne vaudrait pas mieux qu'ailleurs, marche à l'économie.

— Ces détours m'ont bouffé pas mal de pétrole !

— Marche à l'économie, Max. On n'est pas encore tirés d'affaire.

Ils longeaient maintenant la côte nord, avec un vent de travers épouvantable et ils devaient soigneusement éviter une dérive importante.

— La baie de Yellowknife, Max, encore dix miles !

Ils n'en n'auraient pas fait un de plus.

Ils se traînaient maintenant au-dessus de Yellowknife, longeaient les bâtiments de la mine d'or, reconnaissaient dans la brume de neige les petits lacs qui ceinturent la ville des prospecteurs. Ils auraient pu se poser sur le nouveau terrain qu'ils venaient de survoler, mais Max aurait considéré comme une honte de ne pas ramener son avion à son ancrage privé, le petit lac au nord de la station, où quelques pilotes, free-lance comme lui, avaient leurs pontons, leurs cabines-ateliers et leurs réserves de carburant.

— Attention, fit Jack, ici la glace est déjà plus épaisse ! Attention à tes flotteurs !

Mais d'en bas on les avait vus, et deux canots à moteur se détachaient, faisant office de brise-glace.

— Faites vite, les gars, je vais tomber en panne sèche !

Ils eurent juste le temps d'agir, et sans plus attendre

67

Max amerrit volontairement très court dans le fracas des glaces brisées, rebondit deux fois et s'immobilisa.

— Celui-là, on ne t'en donnerait pas cher à l'examen d'entrée ! dit Jack.

— En tout cas on s'est posé en cent mètres, c'est le principal !

Du canot, un homme emmitouflé dans son parka de fourrure leur faisait un signe d'amitié. Jack lui lança une amarre et le canot remorqua le petit hydravion vers le ponton.

Quand ils sortirent de la carlingue, ils furent étonnés par le froid extérieur, l'épaisseur de la couche de neige. L'homme surprit leur regard.

— Ça n'est rien, dit-il, la météo nous promet mieux pour demain.

— Je vais faire le plein et repartir, dit Max.

Jack le regarda, inquiet.

— Tu n'es pas fou ! Retraverser le lac ! Une expérience, ça ne te suffit pas ?

Max ne répondit pas : Jack avait raison, c'était une folie que de repartir. Encore deux cents miles à parcourir au-dessus du grand lac, et à Snowdrift, pas de radio pour l'accueillir.

— Je ne te comprends pas, Max ! dit amicalement Jack.

Bien sûr, il ne pouvait pas comprendre. Une force irraisonnée poussait Max à repartir.

Le pilote retrouvait tout à coup ses angoisses de la nuit précédente. Maintenant qu'ils étaient sains et saufs, Jack et lui, il aurait dû se réjouir, et comme au retour de semblables missions, gagner en klaxonnant le grand bar de l'hôtel grouillant de vie, offrir tournée sur tournée à ses amis pour fêter l'événement. Pourtant il ne songeait qu'à fuir. Il savait bien que les autres avaient raison :

retraverser le lac en pleine tempête serait une pure folie, mais raison et folie se heurtaient dans son cerveau. Au début, il s'était demandé ce qui le tourmentait. Maintenant, il en était certain, un danger menaçait Rosa. Et il n'était pas là pour la protéger ! Ses traits se durcirent.

— Fais le plein, Tom, je repars !

— Je refuse, Max ! Je ne veux pas être responsable de ta mort. Tu ne comprends donc pas que ce serait de la folie ! Non, Max ! Je te ferai interdire de vol par les M.P. s'il le faut, mais tu ne décolleras pas. Bon Dieu ! Tu n'es pas un débutant, que je sache !

— Je ne te demande pas de comprendre, je veux partir.

— Tom a raison, Max, dit Jack, écoute-le, écoute-moi. L'important n'est pas de partir mais d'arriver. Que dirait Rosa si tu te tuais ? Elle nous accuserait de t'avoir laissé commettre une folie et elle aurait raison...

Jack avait nommé Rosa ; Max s'éloigna de quelques pas, regarda le petit hydravion couvert de givre qui roulait légèrement à son appontement. Une rafale de vent le fit tout à coup vaciller comme s'il allait basculer. Ses réflexes de pilote lui firent recouvrer la raison.

— Tom, faut doubler les amarres, ensuite tu descendras mon sac de couchage !

Le visage du mécanicien s'éclaira. Max était redevenu conscient.

— Je vais t'aider, dit Jack. Toi, Max, repose-toi dans la cabine du mécano.

— Dis donc, Jack, il en a pris un vieux coup, Max ! Ç'a été dur ? fit Tom, quand ils furent seuls.

— On revient de loin, Tom ! On aurait dû rester à Fort-Reliance, mais Max voulait rentrer, et moi-même je ne suis pas fâché d'être ici. On se dit qu'on passera ! Aujourd'hui ça réussit, mais demain ? Un sacré pilote,

69

Max ! Se tirer d'affaire par un temps pareil ! Maintenant conduis-nous à l'abreuvoir.

Ils s'installèrent avec leurs sleeping-bags dans la jeep du mécano ; Yellowknife les accueillait sur son plateau rocheux arasé par les vents.

— Conduis-moi à la mission, Tom, demanda Max.

— Tu boiras bien un verre avec nous ? dit Jack.

Il ne pouvait pas leur faire ça et il acquiesça :

— Bien sûr, mais je ne m'attarderai pas !

L'intérieur du bar était sombre, à peine éclairé par quelques lampes aux abat-jour foncés qui voilaient la moitié de la lumière. Il fallait quelques minutes pour que les yeux habitués à l'éblouissante lumière blanche du dehors se fassent à cette pénombre. Alors on découvrait une grande salle quadrangulaire, barrée dans le fond par un compoir moderne clinquant de tous ses cuivres, et autour des tables une foule murmurante et bariolée de prospecteurs, de mineurs, d'Indiens, ingurgitant des quantités invraisemblables de bière. Et bien que certains eussent déjà sombré dans une ivresse caractérisée, le ton des voix ne montait pas. Les propos, qu'on échangeait comme des secrets, passaient de table en table, ricochaient, revenaient : gaudrioles, histoires de forage, drills, et toujours l'inévitable retour au grand rêve ! Chacun connaissait un coin secret de la forêt, qui contenait de l'or, il avait déposé un claim, mais chut... chacun savait bien que l'autre mentait, mais cela faisait partie du jeu. La vérité était que tous ces gens venus ici chercher fortune, se ruinaient en recherches et en matériel, et puis échouaient comme ouvriers aux mines d'or de la grande compagnie dont l'exploitation était déjà déficitaire.

L'arrivée de Max, de Jack et de Tom fut saluée par des hourras. Tous savaient que durant quelques heures l'avion de Max avait été en perdition, mais pareille alerte était quotidienne et, tout à la joie de revoir les aviateurs, ils extériorisaient leur inquiétude par des bourrades amicales, des plaisanteries, de grandes claques dans le dos ! C'était leur façon de faire comprendre aux aviateurs qu'ils les aimaient bien, qu'ils avaient été très inquiets, mais pour rien au monde ils n'auraient parlé de choses tragiques. La mort, le danger, quand on les affronte journellement, on les chasse de ses pensées, ou bien on ironise.

— Salut, Max ! Tu ne pourrais pas voler un peu plus haut ? Tu nous as réveillés tout à l'heure, le ciel est pourtant vaste !

— Comment t'as fait pour retrouver le chemin du bar ?

— C'est sans doute Jack qui t'a guidé avec ses cartes !

— Hello, Jack, vous nous ramenez des caribous ?

— La prochaine fois, prends les chiens, Max, tu tomberas de moins haut !

Et tout cela était ponctué d'éclats de rire.

— Sers une tournée générale, dit Max à la serveuse.

Puis il s'accouda au bar entre Tom et Jack. Il avait un sourire forcé qui dissimulait son angoisse. Il s'adressa à Jack, soucieux :

— Il faut que j'aille à la mission, je vais essayer une liaison par la radio des pères.

— Tu as raison, ils doivent s'inquiéter sur notre sort à Snowdrift.

— Non, mais à toi je peux bien le dire, Jack, je suis inquiet, sans raison, comme ça, tu ne peux pas comprendre, j'ai une boule sur l'estomac, j'ai peur... Rosa est en danger.

— Tu te fais des idées, pourquoi veux-tu qu'elle soit en danger ?

— La tempête !

— Elle ne sera pas partie par ce temps. Le père Keredec l'en aura dissuadée.

— Je voudrais en être certain.

— Allons, Max, bois une autre bière, la tension nerveuse a été trop forte, trois heures à piloter dans le blizzard, sans instrument de P.S.V., ça compte ; ne te fais pas des idées, tout va bien à Snowdrift. Nous irons voir le père Foudraz.

Ils sortirent dans la large rue principale de Yellow-knife, bordée par les carrés réguliers des maisons de bois à un étage ; seul le Grand Hôtel d'où ils venaient en avait deux, avec une loggia en bois style Far West. La tempête avait pris possession de la ville et les bourrasques de neige balayaient les dernières poussières de l'automne ; les grands corbeaux noirs, indifférents à la tourmente, continuaient leur travail d'éboueurs, dispersant les immondices des poubelles puis, repus, allaient se percher d'un vol lourd sur le pignon d'un toit.

La Roman Catholic Mission disposait d'un large bungalow un peu en dehors du centre commercial, deux pères oblats, un Belge et un Français, y officiaient depuis de nombreuses années ; le père Foudraz était savoyard, le père Pecsteen, flamand de Bruges. Ils accueillirent avec joie les visiteurs.

— Enfin ! Vous voilà de retour ! Dites-moi, je crois bien que c'est le dernier vol de l'automne ? Pas trop sale temps pour rentrer ?

Ils expliquèrent brièvement leur aventure.

— Father, dit Max — il avait pris l'habitude locale, et même avec son compatriote il ne s'exprimait qu'en anglais —, pouvez-vous entrer en contact avec le père Keredec, à Snowdrift, je suis anxieux de savoir ce qu'il s'y passe.

Le père Foudraz sourit :

— Impatient de retrouver Rosa ! Ça se comprend. Bon, on va essayer.

Ils appelèrent en vain Snowdrift. Rien ne répondait.

Max aurait dû se rendre à l'évidence : dans une pareille tempête et avec la faible puissance du poste, que tout soit brouillé, c'était normal, mais il s'obstinait.

— Essayons encore, Father.

Ce fut inutile. Le père Foudraz les raccompagna :

— J'essaierai ce soir à 18 heures, heure de l'écoute. Pour moi, le père Keredec est absent. Je te préviendrai, Max. Tu loges à l'hôtel ? Et vous, Jack, vous redescendrez ?

— Par le premier courrier, Ottawa me réclame, dit-il en riant. Mais je reviendrai au plus vite.

Jack n'aimait pas trop les bureaux : le bush était sa vie.

Le soir, la liaison avec Snowdrift fut impossible.

Max dut ronger son frein en silence.

6

La tempête dura deux jours pleins, durant lesquels aucune tentative de vol ne fut possible ; en revanche, le froid solidifia la glace des lacs et Max remplaça les flotteurs de son hydravion par de larges skis métalliques. Ainsi il serait prêt à toute éventualité.

Puis l'accalmie prévue s'étendit sur la taïga, le ciel redevint bleu, le froid terrible. L'hiver était venu.

Max décolla et piqua tout droit sur Snowdrift, la carlingue bourrée de marchandises achetées à la « Bay » en prévision de l'hivernage. Farine, sel, condiments, munitions, conserves, plus des tas de babioles pour Rosa : du parfum, un miroir portatif, et même un pantalon de velours amarante qu'il avait choisi avec l'aide de l'épouse de l'administrateur. Ce qui lui avait valu des sous-entendus non dénués de méchanceté. Il avait encaissé avec flegme. Au fond, tous lui enviaient Rosa, car Rosa était belle comme peuvent êtres belles les Indiennes racées : grande et mince avec un beau profil légèrement aquilin, des yeux gris presque bridés et surtout une démarche de reine. Qu'elle allât pieds nus ou chaussée de mukloks en peau de caribou, on eût dit qu'elle ne touchait pas la terre mais l'effleurait seulement de toute sa légèreté. Oui, elle était belle, Rosa, et il était fier de l'avoir épousée. C'était en cela qu'il différait des autres. Les autres Blancs eussent volontiers pris comme maîtresse une Indienne, il en avait fait sa femme, devant la loi. Ils n'avaient pas encore compris.

Max sourit, ses craintes ridicules avaient disparu comme avait cessé la tourmente ; le moteur tournait rond, son chant métallique était un hymne à la joie, sous les ailes du Cessna ; le grand lac qu'il retraversait à nouveau du nord-ouest au sud-est, frémissait dans ses parties libres de glace de plus en plus réduites et Max nota que bientôt il serait entièrement pris ; déjà des banquises dérivaient lentement et se heurtaient, formant de petits packs de glaces brisées à la rencontre des courants. Le ciel était dégagé et le soleil, ras sur l'horizon, le frappait en pleine face et l'éblouissait ; il rabattit ses lunettes fumées.

Dix ans plus tôt, il accomplissait le même vol. Il travaillait avec Peter Cowl et ils se partageaient les missions. Leur association durait depuis 1947, année où Peter l'avait fait venir au Canada. Les territoires du Nord-Ouest s'ouvraient à peine aux prospecteurs et aux chercheurs, le pétrole était encore inconnu, mais la guerre, en nécessitant la création de bases stratégiques dans le Grand Nord, avait provoqué un afflux d'immigrants dans l'Arctique. Depuis, Yellowknife, simple bourgade, croissait d'année en année et devenait plus importante que la capitale des territoires du Nord-Ouest : Fort-Smith. Max volait sans arrêt, ravitaillant les bases, accompagnant des missions scientifiques, effectuant des évacuations sanitaires, et à chacun de ses vols il y avait toujours un Indien ou deux qui sollicitaient, si le chargement le permettait, de profiter de l'aubaine pour rentrer chez eux. Toutes les fois que cela était possible, Max acceptait les passagers. Un jour le père

76

Foudraz lui avait amené une jeune et belle Indienne à peine sortie de l'adolescence.

— Voilà Rosa Tuktu ! Elle a terminé l'année scolaire au collège de Fort-Smith, peux-tu la rapatrier à Snowdrift ? Tu la confieras au père Keredec, car ses parents sont encore dans le bush !

— O.K., avait dit Max.

Et il avait installé la jeune fille à ses côtés. Elle se tenait droite et digne et son visage était empreint de gravité. Il était intrigué. Rosa ? Ce nom lui disait quelque chose.

— Tu es la fille de Tuktu, sans doute.

— L'aînée !

— C'est vrai, j'oubliais, il a une nombreuse famille. Il trappe toujours avec autant de succès.

— C'est un grand chasseur, dit la jeune fille avec un accent de fierté qui ne trompait pas.

— Il me semble, il me semble te reconnaître, Rosa, mais j'avais gardé l'image d'une fillette d'une dizaine d'années, un vrai petit fauve à peine apprivoisé ! Ah ! j'y suis ! ne m'as-tu pas mordu à la main une fois ?

Elle baissa la tête, contenant le fou rire qui s'emparait d'elle.

— Ainsi c'était toi. Mâtin ! tu es devenue une bien jolie fille. Et tu parles anglais sans accent. Quel âge as-tu ?

— Bientôt dix-sept ans. Je sais aussi un peu de français, dit-elle.

— Formidable, on causera, comme ça je n'oublierai pas ma langue maternelle. Te souviens-tu, Rosa, quand tu étais petite et que l'avion se posait devant la maison du père Keredec ? Vous étiez toute une marmaille à m'entourer, je sortais des bonbons, de petits jouets, puis vous envahissiez la hutte des Affaires indiennes où j'entreposais mes réserves, et je ne pouvais plus me débarrasser de vous. Surtout de toi, sacré petit chignon! Tu voulais boire toutes mes boîtes de jus de fruits, alors un jour je t'ai fait une blague, je t'en ai donné une qui était vide. Ah! Malheur! Si tu t'étais vue! La colère durcissait tes traits, tes yeux lançaient des éclairs, et tu m'as jeté la boîte en pleine figure, puis, comme je riais toujours, tu as bondi sur moi, tu m'as mordu à la main, et avant que j'aie pu te rattraper, tu avais claqué la porte et tu étais partie. Par la suite tu n'es jamais revenue voir atterrir l'avion.

Il se tourna vers elle:

— Tu es toujours fâchée, Rosa? J'avais tort, j'étais encore jeune dans le bush, je ne connaissais pas la susceptibilité indienne... Alors, on fait la paix?

Il tendit la main, caressa la longue natte qui se lovait gracieusement autour du cou très fin. Elle eut un geste de recul, puis le regarda en face.

— C'est oublié, Max!

Lui n'oublierait jamais la profondeur de son regard.

Pour fêter leur nouvelle amitié, il s'était mis à chanter, tout haut, et elle le regardait, surprise par cette explosion de joie.

Depuis, il avait fait toutes les liaisons avec Snowdrift, et quand Peter Cowl s'étonnait qu'il préférât ces petites liaisons à des vols plus rémunérateurs vers la D.E.W. Line de l'Arctique, il objectait qu'il étudiait la vie des Dry-Geese, dont Tuktu était le chef. Il n'osait pas lui avouer que ce qui l'intéressait, c'était Rosa. Par la suite il avait voulu l'épouser et ça n'avait pas été sans mal. Il savait qu'il encourrait la réprobation de tous les Blancs du Nord à l'exception des missionnaires, mais il avait tenu bon.

L'administrateur avait tout fait pour l'en dissuader.

— Mon cher Max, vous vous laissez entraîner sur une mauvaise pente. Vous allez en sens contraire du courant normal. Nous désirons que les Indiens acceptent notre civilisation et ce serait un mauvais exemple que de voir un Blanc s'indianiser.

— Qui vous a dit que j'abdiquerai ma forme de vie ? Rosa est digne d'être ma femme, elle est aussi instruite que la plupart des épouses de fonctionnaires que je rencontre ici. (L'administrateur avait tiqué, mais Max s'emportait.) Elle enseigne ses frères de race et ma présence constante ne peut que l'encourager dans cette voie.

— Vous m'avez mal compris, Max. Je ne doute pas des qualités de Rosa, je sais qu'elle est diplômée, fine, intelligente, mais c'est à vous que je pense ; vous le savez bien, aucun Blanc des territoires n'acceptera de la recevoir. Vous subirez des affronts qu'elle et vous ne méritez pas. Réfléchissez !

Le père Keredec avait tenu un autre langage. Max était allé le trouver le lendemain de leur nuit dans le bush, mais le missionnaire l'avait arrêté d'un geste avant qu'il parlât.

— Inutile, Max, Rosa m'a tout confié. Maintenant, que comptes-tu faire ? Partir ?

Il lui offrait une chance de se tirer convenablement de cette affaire :

— Tout le monde approuverait une telle décision.

— C'est toi, père, qui me conseilles la fuite ?

— Ne sois pas scandalisé. Cela se passe généralement ainsi. Tu es généreux, Max — le missionnaire soupira —, mais tu as été bien imprudent ! Le sang indien parle parfois avec violence et Rosa est belle. Tu as beaucoup d'excuses. Cependant il vaudrait mieux que tu t'absentes pendant quelque temps. Je parlerai à Tuktu, qui d'ailleurs n'attache aucune importance à la chose, les filles sont libres de choisir leur futur époux et on n'accorde pas beaucoup d'importance aux expériences prénuptiales. Cependant, en ce qui te concerne, comme il ne s'agit pas de choisir une épouse...

— Pardon, Father, il s'agit bien de cela. Rosa et moi, nous allons nous marier, car nous nous aimons. C'est très simple, n'est-ce pas ?

— Cette décision t'honore, mais tout ne sera pas aussi facile que tu le penses. Il faudra obtenir la licence. Et puis as-tu bien réfléchi ? Crois-tu que les Blancs accepteront ce qu'ils tiennent pour une mésalliance ? Je les crois capables de tout pour empêcher cela. Ton exemple risquerait d'être contagieux, car entre nous (le père sourit doucement), entre nous, Max, les Indiennes sont souvent plus belles et plus dignes que leurs rares sœurs à la peau blanche qui montent jusqu'ici.

— Crois-moi, Father, c'est très sérieux. Lorsque j'ai quitté ma famille après la guerre, c'était pour revivre loin d'un monde bouleversé, cynique, pour oublier les horreurs des massacres, pour fuir les métropoles géantes, et j'ai trouvé chez vous et avec vous la paix et la sérénité. Je finirai ma vie ici. Et tu nous marieras, Father. Demande pour moi sa fille à Tuktu...

— De ce côté, aucune difficulté, le vieux Tuktu sera à la fois fier et comblé, ton entrée dans sa tribu marquera pour les siens une ère de prospérité, facile d'arranger la chose... Bon ! Mais il reste l'administration...

— Je suis un free-lance, j'ai pris la double nationalité, canadienne et française ; je suis en règle, mais je suis un homme libre... Juridiquement, ils ne peuvent refuser.

— Essaie, et si tu réussis...

Il avait multiplié les démarches, subi tous les affronts,

il était resté inébranlable dans sa résolution. Et comme les missionnaires le soutenaient ouvertement, qu'aucun texte de loi n'empêchait les mariages mixtes, et qu'il n'était pas fonctionnaire, il obtint sa licence.

Elle était devenue sa femme, et maintenant il allait la retrouver.

Il s'arracha à ses pensées, car il venait de mettre le cap sur le petit archipel qui masquait la rive principale du lac où les Dry-Geese avaient construit leurs huttes. Comme il l'avait pensé, les criques étaient déjà prises par les glaces et il pourrait se poser juste devant sa maison. Le transport des vivres et du chargement serait plus facile.

A son habitude, il effectua un virage serré en rase-mottes au-dessus de la dizaine de cabanes en rondins ; les enfants jouaient avec les jeunes chiots, les chiens des attelages, attachés individuellement à leur piquet de bois, le museau pointé vers le ciel, hurlaient à la mort en direction du gigantesque oiseau menaçant le village. Max aperçut un petit attroupement devant la hutte du père Keredec, on l'attendait et son cœur se réjouit. Ce village était devenu le sien. Il y avait jeté l'ancre après sa course vagabonde à la recherche d'un monde meilleur. Sa patrie, c'était ces solitudes forestières, ces immenses étendues d'eau, ces roches polies et caparaçonnées de glace, tout ce territoire livré à deux douzaines d'êtres humains. Il allait poser son avion et redevenir bushman ; ils partiraient tous deux, Rosa et lui, poser des pièges le long de la trap-line car c'était bientôt la saison des fourrures. Alors, à eux deux les courses folles dans la taïga, au galop hurlant des chiens de traîne ! Son visage s'éclaira d'un long sourire.

Machinalement il arrondit son virage, réduisit le

moteur, puis se posa sur la glace où quelques congères le firent rebondir lourdement comme ferait un hydravion sur la houle. Le Cessna glissa une centaine de mètres et, lorsqu'il fut suffisamment freiné, Max le dirigea au moteur vers le ponton.

Il ouvrit la carlingue, aspira l'air glacé, sourit aux amis et lança l'amarre que saisirent les enfants. Le père Keredec avait rassemblé pour l'attendre tous les hommes du village ; il reconnut Tuktu, Grey Fox, Dry Goose, White Owl, Ben Mitchum, et leurs squaws, plus la multitude des enfants rieurs et turbulents.

— Quel accueil solennel ! lança Max comme une boutade.

Mais les autres ne sourirent pas. Il bondit sur le ponton, intrigué.

— Que se passe-t-il, Father ? Vous paraissez soucieux.

— Rosa n'est pas rentrée de sa trap-line, dit le père, et nous sommes inquiets.

— Depuis combien de jours est-elle partie ?

— Cela fera une semaine, elle devait être là depuis trois jours pour t'accueillir, mais il y a eu la tempête.

— Il fallait partir à sa recherche immédiatement ! Comment se fait-il ? Qu'ont fait les hommes ?

Il dissimulait mal sa colère. Autour de lui, les Indiens baissaient la tête.

— On a essayé, mais les canots mis à l'eau n'ont pu que doubler avec peine la presqu'île ; au-delà les vagues étaient trop fortes et entrechoquaient d'énormes glaçons ; Grey Fox s'est retourné, on l'a sauvé de justesse, on a pu renflouer son canot. Mais depuis, la tempête n'a pas cessé jusqu'à ce matin... Tu sais, Max, on n'est pas vraiment inquiets. Rosa n'est pas folle, elle n'a pas dû essayer de revenir en pleine tourmente, elle est sans doute bloquée sur la grande île, elle sait bien que nous irons la chercher, mais pour cela il faut attendre que le lac soit entièrement gelé. Affaire d'un jour ou deux...

C'était la sagesse même, mais Max ne se laissa pas convaincre. On avait assez attendu, Rosa était en danger.

— Il faut agir, Father. Je trouverai bien un coin pour poser mon avion. Rosa était seule ?

— Non, avec son jeune frère, Michel.

— Bon, je te demanderais bien de m'accompagner, mais je crois que Tuktu me sera plus utile, car selon l'endroit où je serai obligé de me poser, il me faudra peut-être couper à travers le bush pour retrouver les traces. Il connaît l'île à fond, on perdra moins de temps.

Le père Keredec se tourna vers le groupe d'Indiens. Ils attendaient, résignés, la fin du dialogue.

— Max repart tout de suite, dit le père en anglais. Tuktu, tu l'accompagnes ; vous, les gosses, déchargez rapidement l'avion, allégez-le au maximum ; Dry Goose, roule jusqu'ici un bidon de cent litres, on va refaire le plein.

Déjà, Max se hissait sur l'aile, dévissait les bondes des réservoirs. Il fallait faire vite, il était très inquiet. Pourvu que Rosa n'ait pas essayé de repartir malgré la tempête, ces canots sont tellement instables, et Rosa n'avait jamais bien assimilé la manœuvre du kicker, elle donnait trop de gaz, virait trop brusquement, comme si elle avait un jouet entre les mains... Mais non ! Rosa a la patience des Indiens, elle se sera organisée pour un long bivouac avec un paravent de jeunes spruces pour l'abriter du vent et devant un grand feu qui brûle nuit et jour, on peut tenir par les plus grands froids. D'ailleurs, se dit-il, j'aurai vite fait de la repérer, la fumée ça se voit de loin, heureusement ! car la péninsule de Pethen est longue de plus de cent kilomètres.

Les préparatifs furent rapidement achevés, Max brancha sa radio, avertit son mécanicien à Yellowknife, demanda la météo : un nouveau blizzard était annoncé à Baker Lake, mais avant qu'il n'arrive sur le grand lac, il se passerait plusieurs heures. Ils avaient juste le temps nécessaire pour effectuer le sauvetage.

Il décolla cap à 2 heures, et, ayant pris de l'altitude, il distingua immédiatement la ligne sombre de la péninsule de Pethen et sa muraille ininterrompue de falaises granitiques tombant à pic dans le lac. La traversée n'était que de 30 miles et il survola bientôt le premier rivage.

La péninsule de Pethen, longue et étroite, sépare la branche nord du lac ou baie de McLeod, du lac des Esclaves proprement dit ; elle mesure cent kilomètres de long sur deux à trois kilomètres seulement de large, comme une échine de rochers, crêtée de grands épicéas, qui couperait en deux le grand lac ; elle est reliée vers l'est à la péninsule du Kahochella, presque aussi longue qu'elle, par une dépression ensablée, où se fait durant l'été le portage des canots d'une rive à l'autre à travers l'isthme.

Reliée à la terre par un chapelet d'îlots granitiques soudés entre eux, la péninsule de Pethen est riche en gros gibier : élans, ours, carcajous, loups, et en bêtes à fourrure ; de tout temps les Dogs-Ribs et les Dry-Geese y ont planté leur trap-line, leur ligne de pièges, chaque famille ayant son ravin, sa gorge, son territoire.

L'avion avait abordé la péninsule par sa pointe ouest et maintenant Max volait en suivant la ligne de crête.

Ce qui lui permettait de surveiller les rives nord et sud.

Tuktu restait silencieux mais scrutait les moindres détails du bush. D'un geste il fit signe à Max de descendre un peu, et de suivre la rive sud. La falaise était

84

coupée en plusieurs endroits par des gorges qui descendaient jusqu'au lac et qui constituaient les voies d'accès à l'intérieur de la péninsule.

— *Here !* dit tout à coup Tuktu — et il fit le geste d'atterrir.

Une baie un peu plus large s'arrondissait vers l'intérieur, et comme elle était bien abritée du vent par le rideau épais des épinettes, la glace y était à peu près plate.

Max posa son avion sans trop de peine, jeta l'ancre qui mordit sur un bloc de glace et plaça l'appareil freins serrés, face au vent. Il reconnaissait les lieux. C'était de ce point que partait la trap-line de Rosa. Puis tout à coup il se tourna vers Tuktu, angoissé :

— Le canot, où est le canot ?

L'Indien secoua la tête, entraîna Max sur la courte grève. Bien que la neige fraîche eût recouvert les traces, ils retrouvèrent rapidement, dans un recoin abrité de la forêt, à quelques centaines de mètres du rivage, le bivouac qui témoignait du séjour de Rosa ; elle avait même oublié sur les lieux une bouilloire toute noircie par les flammes.

— Qu'en penses-tu, Tuktu ? demanda Max.

Il avait la gorge nouée, ce que lui dirait l'Indien, c'était ce qu'il pensait : Rosa avait commis la folie de s'embarquer. Tuktu fit un grand geste semi-circulaire du bras, il s'exprimait difficilement en anglais, mais à la longue Max avait acquis une connaissance élémentaire du dialecte montagnais et ils pouvaient discourir sans trop de peine.

— Tu penses qu'elle s'est réfugiée plus loin...

Tuktu approuva :

— Rosa est ma fille, dit-il, Rosa pense comme Tuktu, qu'aurait fait Tuktu ? Ici l'eau est calme, mais lorsqu'on dépasse la pointe de la baie, les vagues et les courants sont très forts, alors si Tuktu était parti, il aurait cherché à revenir vers le rivage. Rosa a certainement agi comme il aurait fait.

— Mais elle n'est pas revenue, puisqu'il n'y a pas de canot ?

— Le vent et les courants portent sur l'autre côté de la pointe, c'est là qu'il faut chercher. Il faut repartir. Lorsqu'elle entendra le bruit du moteur de l'avion, Rosa saura que tu la recherches, alors elle fera un grand feu de bois et la fumée nous donnera sa position.

— Puisses-tu dire vrai, Tuktu, filons !

Le moteur était encore chaud, il n'eut qu'à pointer le nez de son avion sur les traces toutes fraîches qui marquaient son atterrissage et à pousser à fond la manette des gaz. Déjà les grands spruces s'inclinaient et basculaient dans l'intensité du virage serré qu'il négociait pour suivre au plus près les rivages.

— Regarde, Tuktu, regarde, j'ai trop à faire à piloter mon zinc.

Ils étaient atrocement secoués et le vol devenait de plus en plus acrobatique. Max fonçait en piqué dans les creeks, descendait à raser les premières banquises, puis tout à coup remontait en chandelle, prenait du champ pour mieux survoler l'immensité du lac et de la forêt, et alors sous ses ailes il apercevait les eaux du lac démontées, entrechoquant les premières glaces qui dérivaient, entraînées par les grands courants venus du large.

Max sentit le désespoir l'envahir, il fallait interrompre les recherches, le niveau d'essence baissait, il devrait bientôt prendre le chemin du retour et pour ce jour il serait trop tard. Aucune fumée ne s'élevait au-dessus des arbres.

7

L'aube glaciale réveilla Rosa. Instinctivement elle tendit le bras, chercha Max. Son rêve avait été si violent qu'il lui semblait que leur longue nuit d'amour s'était prolongée sans interruption jusqu'à cet instant précis. Et brusquement elle passa du rêve à la réalité. Ce n'était pas Max qui dormait à son côté, mais son jeune frère Mick, roulé en boule comme un jeune loup qui aurait passé la nuit à chasser. Pourtant tout était comme avant. Et recommençaient les mêmes gestes. Les gestes rituels des coureurs des bois.

Elle raviva le feu, fit bouillir l'eau pour le café, graissa la poêle et fit frire les tranches de bacon.

Dans le froid très vif du matin, le lac tout proche brisait de courtes lames sur la grève, le ciel était laiteux, l'air sentait la neige et Rosa s'inquiéta. Où donc se trouvait Max ? A l'est dans les Barren, l'hiver vient beaucoup plus tôt et plus rapidement. Et s'il se laissait prendre au piège comme Peter ! Elle rejeta cette idée, Max avait de l'expérience et McLeod était l'homme qui connaissait le mieux les terres stériles. Il serait de retour d'ici quelques jours, il fallait faire vite, relever les trappes, et repartir pour l'accueillir à son retour.

— Debout, Mick ! ordonna-t-elle en bourrant de

légers coups de pied l'amas de couvertures sous lequel était enfoui son frère.

L'enfant grogna, sortit une tête ébouriffée, puis sauta lestement sur ses jambes.

Une heure plus tard, ils s'enfonçaient dans la forêt.

Etrange forêt, en vérité. Sur une échine de rocs brillants et polis, les spruces pointaient, droits et clairsemés, mais dans les gorges et les ravins poussait une abondante végétation d'abri, où bouleaux et saules polaires se mêlaient aux airelles et aux résineux nains. Lorsqu'ils se tenaient sur la crête des rochers ils pouvaient voir le lac au nord et au sud, car parfois la mince bande de roc sur laquelle ils se trouvaient n'avait que deux ou trois kilomètres de largeur. Ils avançaient dans le silence le plus complet, ne faisant craquer aucune branche sèche, évitant de faire rouler les cailloux. Plus tard, Rosa s'arrêta dans une petite gorge rocheuse où durant l'été devait couler une source ; la glace était déjà solide qui recouvrait le granite d'une gangue brillante, elle la brisa à coups de hache, dégagea dans une fissure de granite le piège qu'elle savait s'y trouver et poussa un cri de joie : « nonshe » !

La martre, prise par une patte, était gelée et dure comme pierre. Rosa désarma la trappe, examina sa prise : la fourrure était déjà belle, avec un poitrail blanc et une jolie tête tirant sur le brun foncé. Elle la jeta à Mick qui l'enfouit dans son sac à dos ; toute la journée ils allèrent ainsi vers l'est, relevant diverses prises dont un magnifique renard argenté à la queue fournie.

Ce soir-là, ils bivouaquèrent à nouveau, dans un creux de mousse, allongés auprès d'un grand feu ; ils ne voyaient plus le lac, et dans ce coin où l'île a sa plus grande largeur, les spruces atteignaient une très belle taille ; des saules poussaient un peu partout dans le sous-bois et les traces d'élans et d'ours étaient nombreuses. Au milieu de la nuit, le vent se leva avec une violence inouïe ; un blizzard venu de l'est s'abattait sur Pethen mais dans leur sanctuaire forestier ils n'en percevaient que les bruits extérieurs, le chant austère et ample, sourd comme un grondement, et qui semblait planer sur leurs têtes.

Dans les gorges, ils étaient relativement à l'abri, mais le froid cependant devint vite intolérable. Rosa se leva, coupa deux ou trois épinettes à coups de hache et les jeta dans le foyer ; ils attendirent le jour, accroupis devant la flamme, sans échanger une parole.

Et parce que la tourmente venait de l'est, et que Max devait s'y trouver quelque part en danger, alors qu'ici ils bénéficiaient de l'abri protecteur de la forêt, Rosa évoqua son mari dans une exaltation grandissante. Une frayeur irrépressible s'emparait d'elle : Max pouvait mourir ! Jamais cette pensée ne lui était venue à l'esprit et voici qu'elle s'incrustait avec persistance, provoquant des battements de cœur irraisonnés. Max, puissant, athlétique, aussi fort moralement que physiquement, pouvait disparaître ! Alors que deviendrait-elle ? La mort apparaissait en filigrane dans la pâte tourmentée des brumes qui palpitaient au rythme des vents dans le ciel laiteux. Et tout ce tumulte, et cette blancheur spectrale, ces hurlements des vents n'étaient-ils pas, selon les anciens, annonciateurs de mort ?

Elle tendit les bras vers la flamme qui se tordait comme une chevelure, et c'était comme si elle refusait les signes... Max ne pouvait pas mourir, Max ne devait pas mourir. Elle était folle d'avoir de telles pensées qui, à elles seules, pouvaient suffire à provoquer l'inévitable. Elle allait le retrouver, et elle lui donnerait enfin un enfant. Jusque-là, elle s'y était toujours refusée. Elle avait peur de mettre au monde un métis en marge de deux civilisations, mais Max y tenait tant. Maintenant qu'elle avait découvert qu'il pouvait mourir, tout était changé : cet enfant, elle le désirait ardemment pour lui, pour elle !

Que de fois Max lui avait déclaré :

— Donne-moi un fils, Rosa, qui possède toutes les qualités de ta race.

Elle ne voulait pas, il insistait :

— Cet enfant, tu l'éléveras dans les traditions de ta tribu, et il abritera son bonheur primitif dans ces forêts. Le monde que j'ai connu court à sa perte, partout la guerre, l'argent, les haines, l'esclavage industriel ou autre. Mon fils sera un homme libre et il sera indien. Tu lui apprendras que son pays est le plus grand du monde et le moins peuplé, que toute l'immense forêt des territoires du Nord lui appartient, et qu'il en est le roi sans couronne. Il faut qu'il reste dans ces solitudes, là est son bonheur puisque j'y ai trouvé le mien.

Il l'avait regardée tendrement, mais Rosa avait secoué la tête :

— Non, Max, je ne veux pas d'enfant. Ton fils ne serait jamais qu'un métis chez les Indiens comme chez les Blancs, et on le lui ferait sentir toute sa vie. Malheur aux sang-mêlé ! Et qui te dit qu'il voudrait rester indien ? Mes jeunes frères sont attirés par votre civilisation, ils ne rêvent que d'aller travailler à Yellowknife ou Fort-Smith, et ceux à qui j'apprends à lire n'aspirent qu'à être fonctionnaires subalternes dans le district ! Ton fils voudra mieux, et même s'il en est capable, il n'accédera jamais aux postes les plus élevés, aucune femme blanche ne voudra l'épouser parce que dans ses veines coulera le sang de ma tribu.

Max s'obstinait, donnait ses raisons : ils éléveraient leur fils ensemble, en feraient un vrai chasseur, agiraient de telle sorte que le sang indien parle plus haut dans ses veines que le sang français... Elle avait tenu bon, mais à la fin de cette nouvelle nuit, où elle avait communié avec lui dans ses rêves, voilà que tout à coup elle désirait ardemment cet enfant. Vite, qu'il revienne, et elle lui donnerait ce bonheur, la seule joie qu'elle lui ait refusée !

Bien que très jeune encore, Mick avait le sens de la forêt, il scrutait le ciel et, fébrile, ne cachait pas son inquiétude.

— Partons, Rosa, sinon on ne pourra plus rembarquer.

Ils levèrent le camp en hâte et reprirent la piste, courbés en deux sous leur charge de fourrures. Là-haut, les vents redoublaient de violence et parfois une gifle d'air glacial se coulait entre deux falaises et venait les frapper en plein visage. Devant eux, un élan surpris par un vent favorable n'eut pas le temps de fuir : avant même qu'il bondisse par-dessus les troncs pourris et brisés, Mick l'avait cloué sur place car ils avaient encore deux miles de trap-line à relever. Hélas, la wolverine était passée avant eux et avait dévoré les prises ; il ne restait plus qu'à réarmer les trappes. Le glouton ou carcajou ou wolverine est l'animal que haïssent le plus les Indiens, c'est aussi l'un des fauves les plus dangereux de la forêt arctique, une sorte de petit ours digitigrade devant, plantigrade derrière, sans cesse en quête de nourriture et s'attaquant à tout : aux prises des Indiens, aux caribous et aux élans qu'il égorge mieux que le loup, et même à l'homme. Plus lourd que le lynx, il ne craint aucun animal de la forêt. Même pas le grand loup gris qui le fuit autant qu'il peut.

— Max et moi, on reviendra cet hiver avec les chiens, on construira un grand piège à bascule pour le capturer,

91

car si on ne le tue pas il dévorera toute ma trap-line. Aujourd'hui il est trop tard! Tu as raison, il ne faut pas s'attarder.

Ils revinrent sur leurs pas, dépouillèrent l'élan et cela leur prit plus de trois heures. Mick élagua une clairière, y érigea un séchoir à viande, sur lequel ils hissèrent les quartiers et le trophée de la bête abattue et on eût dit de l'ensemble un étrange autel de chasse élevé dans la forêt. Puis Rosa se chargea de la peau, lourde et épaisse, et ils revinrent lentement vers le canot.

Maintenant le grondement insondable des éléments s'était fractionné en plusieurs chants distincts. Très haut dans le ciel les autans vrombissaient de toute leur puissance, alors que sur la cime des arbres, les courants sonores se brisaient en multiples appels plaintifs, qu'accompagnait le bruit de soie déchirée que faisait le vent en jouant dans les branches.

Tout à coup, dans l'ouverture de la gorge où ils avançaient, le lac apparut, et ils furent terrifiés par le spectacle : des vagues de plus d'un mètre de creux déferlaient sur la crique où le canot était au sec, des franges d'écume entouraient les brisants, et le grand chant des eaux en colère couvrait tous les autres bruits de la nature.

— On ne pourra pas regagner Snowdrift, Rosa! dit Mick, en secouant la tête. Va falloir attendre que le lac soit gelé, ils viendront nous rechercher avec les traînes.

Il en prenait déjà son parti ; il était fataliste, Mick. Ici, ils ne risquaient rien, ils avaient tout le temps d'aménager leur campement, de construire une hutte de rondins, le bois ne manquait pas, ils avaient de la viande en quantité...

— On va partir, dit Rosa.

— Tu es folle, tu sais bien que le vent sera dix fois

plus fort au large ; si le kicker tombe en panne, on est
perdus !

Elle s'entêtait :

— Eh bien ! qu'attends-tu, nettoie la bougie, fais
comme le père t'a montré, pendant ce temps, je vais
charger le canot.

Elle avait tort, elle le savait, il fallait rester sur place,
la tempête n'irait qu'en s'aggravant, c'était une folie,
mais s'ils ne partaient pas, ils seraient peut-être isolés
une semaine, quinze jours, plus même, au cas où le lac
ne gèlerait pas suffisamment pour que les chiens puissent tirer les traînes.

— *Look !* dit Mick.

De grands glaçons poussés par les courants dérivaient
devant la pointe qui abritait la baie ; là-bas, dans le fond
du lac, la tempête avait dû briser un pack encore trop
faible et le disperser au large ; ces icebergs minuscules
étaient cependant capables de briser leur canot et aggra-
vaient encore le danger. Rosa ne répondit pas : rester,
c'était ne pas être à Snowdrift pour le retour de Max,
c'était attendre ici une ou deux semaines, alors que la
décision qu'elle avait prise de lui donner un fils — car ce
serait un fils — faisait bouillonner son désir, électrisait
ses sens.

Elle chercha de bonnes raisons pour convaincre Mick.

— Il faut partir, Mick. Avec ces glaces dérivantes,
Max ne pourrait pas nous rejoindre en avion...

— Rien ne presse !

— Pour toi peut-être, d'ailleurs on part, j'ai décidé !

Il savait bien que rien ni personne ne résistait à Rosa ;
quand elle avait décidé quelque chose elle le faisait, elle
avait voulu Max, et elle l'avait eu. Mick aimait beaucoup Max, il n'avait jamais ressenti de la part du pilote
une quelconque nuance de supériorité, une pointe de

93

dédain. Avec lui, Max était un Indien et discutait en Indien ; Rosa l'avait transformé, Mick savait tout cela et pourquoi Rosa voulait rentrer.

Il observa un instant le ciel où d'étranges nuages galopaient dans les clairières du néant, écouta le tumulte grandissant de la tourmente, jaugea les vagues qui augmentaient sans cesse d'intensité, et haussa les épaules, résigné.

Très rapidement, il dévissa la bougie, en nettoya les pointes, vérifia leur écartement et la remit en place.

Rose avait équilibré le chargement, elle prit place à la barre, cependant que Mick couché à l'avant de la frêle embarcation surveillerait les eaux et annoncerait les épaves, bois flottés ou glaces qui pourraient les menacer.

Le moteur démarra au quart de tour et Mick lança à sa sœur un regard de fierté. Mais elle actionnait déjà la manette, mettait les gaz, lançait le canot en direction du large, évitant adroitement les écueils, cependant que le canot montait debout à la lame et embarquait des paquets d'eau.

— Ecope, Mick !

Il écopa du mieux qu'il pouvait à l'aide d'un bidon d'huile vide qu'il avait découpé à cet usage.

Rosa manœuvra pour doubler la pointe rocheuse qui s'avançait comme un éperon.

Et d'un seul coup ils furent pris par un vent de travers qui les rabattit dangereusement vers le rivage, menaçant à chaque instant de les faire chavirer. Rosa rectifia son cap, essayant de remonter à la vague ainsi que le lui avait appris Max. Malheureusement, un kicker ne se gouverne pas comme un canoë. Il faut des gestes doux, un poignet souple, savoir mesurer l'admission des gaz. Rosa était trop violente, réagissait par de brusques coups de poignet qui, forçant sur la manette des gaz, faisaient bondir la légère embarcation sollicitée par le moteur et contrariée par les vagues. Alors celle-ci roulait, tanguait, embarquait des paquets d'eau et parfois, malgré la vigilance de Mick, ils abordaient de lourds glaçons à la dérive et frappaient les membrures de canot, bosselaient sa coque métallique.

Bientôt leur situation devint critique. Le canot alourdi était pris dans le vent du large, secoué par les vagues rugissantes et Rosa constata qu'il n'était plus gouvernable.

— Retournons à la baie, hurla Mick.

Rosa secoua la tête. Trop tard ! Les courants les avaient déportés à plusieurs miles vers l'ouest, il était désormais impossible de regagner les eaux plus calmes de la baie. Devant eux, le grand lac aux horizons bouchés par les brumes moutonnait comme une mer furieuse, ses vagues croissaient en intensité et en violence, et le vent déchaîné interdisait désormais toute manœuvre.

— On va gagner Caribou Landing, cria Rosa, Caribou Landing ! Tu m'entends ?

Mick approuva du geste. Il était calme et résigné. Caribou Landing, c'était une petite crique, plus à l'ouest, dans une partie de la péninsule où trappait d'ordinaire Grey Owl ; le vent et les courants les y pousseraient à condition qu'ils puissent éviter le chapelet d'îlots granitiques et de récifs coiffés de petites épinettes qui gardaient ce havre.

Le trajet était court, un mile terrestre à peine.

Porté par le courant, le canot se rapprocha du rivage, et celui-ci, qui paraissait continu, se fissura, se disloqua en une multitude d'îlots, de récifs, entre lesquels les eaux se précipitaient en bouillonnant.

— La passe ! cria Mick.

Rosa, elle aussi, avait aperçu l'écharpe de tissu blanc,

accrochée à un arbre isolé et qui signale selon l'usage des signes de piste indiens l'entrée de la passe principale.

S'ils parvenaient à cet échouage naturel, ils seraient sauvés.

Il fallait pour cela engager le canot dans une passe profonde entre deux roches de granite moutonnée, ils allaient y parvenir lorsqu'une saute de vent les ramena au large. Ils avaient dérivé trop loin et tout était à recommencer. Rosa essaya de virer bord sur bord, sans y parvenir, mais le moteur commençait à faiblir et elle sut qu'elle ne pourrait plus regagner la passe principale.

— Droit devant toi, Rosa ! hurla Mick.

En effet, le vent les portait vers une passe secondaire, étroite, frangée d'écume, qui conduisait certainement au lagon intérieur. C'était leur dernière chance, Mick avait raison, il fallait tenter le tout pour le tout.

Se laissant porter par la vague, Rosa dirigea l'embarcation dans l'étroit passage, franchissant habilement deux barres provoquées par des affleurements rocheux, et déjà ils allaient crier victoire lorsqu'un crissement effroyable leur fit comprendre qu'ils avaient touché le fond.

Pris au creux de la vague, le canot s'était éventré sur une roche affleurante, et déjà l'eau pénétrait à grands flots par une ouverture de la coque.

Le vrombissement du moteur qui s'emballait, hélice brisée, couvrit un instant tous les bruits de la nature puis aussi soudainement se tut, et dans le silence relatif qui suivit, une courte vague venue du large souleva l'embarcation qui n'était plus qu'une épave et la retourna sur ses occupants, dans une eau peu profonde et calme — une sorte d'étang dans un soubassement rocheux et dont les eaux très claires laissaient voir un fond granitique plat et lisse comme celui d'une piscine.

Rosa avait été projetée hors du canot dans les eaux glacées mais peu profondes.

Lorsqu'elle se releva, encore tout étourdie par le choc, ce fut pour constater que le canot éventré s'était encastré dans une crevasse de rocher.

Sa première pensée fut pour Mick. Où était son frère ? Elle fut saisie de panique et brassant l'eau jusqu'à mi-corps, oubliant le froid glacial qui la paralysait, elle se dirigea péniblement vers l'épave du canot. Le jeune Indien était coincé sous l'embarcation retournée et ne répondait plus à ses appels ; seule apparaissait une jambe brisée en plusieurs points. Elle s'arc-bouta sur le rebord de la coque, essaya de retourner l'embarcation, mais en vain, celle-ci s'étant disloquée et encastrée profondément dans la crevasse rocheuse. Il eût fallu la force de plusieurs hommes pour la soulever tant soit peu. D'ailleurs il était trop tard. Mick avait dû être tué sur le coup.

Elle gagna péniblement le rivage, prit pied avec soulagement sur le muskeg, l'épais tapis de mousse qui le bordait, puis s'effondra saisie de frissons, dégoulinante d'eau, le visage marqué par des blessures superficielles, hagarde. Elle ne pouvait détacher son regard du canot brisé qui gisait à quelques encablures, retourné sur le corps de son jeune frère.

Mick ! Mick ! Elle prononçait maintenant son nom avec crainte. N'était-elle pas responsable de sa mort ? N'avait-elle pas exigé le départ ? C'était la sagesse millénaire des Indiens qui parlait par la bouche de l'enfant et elle l'avait sciemment ignorée, rejetant tout ce qui aurait pu la séparer de son amour, retarder leur réunion.

Maintenant l'irréparable était accompli et elle allait mourir.

Ses dents claquaient avec frénésie et tout son corps

n'était plus qu'un tremblement. L'instinct de conservation reprit le dessus, il lui fallait au plus vite se sécher, faire du feu, trouver un abri contre le vent. Puis, retourner à leur ancien campement, là où elle était certaine que Max viendrait la chercher. La pensée de Max lui redonna les forces nécessaires pour lutter contre le froid qui la pénétrait insidieusement, se glissant en elle comme si elle gelait d'abord « par le dedans ».

Du rivage où ils s'étaient échoués, partait une piste d'ours. Ces plantigrades savent très bien choisir leur tanière dans l'endroit le plus abrité ; c'est l'époque où ils préparent leur hibernation et celui dont il s'agissait ne pouvait être allé loin. Rosa se dit qu'elle allait lui voler sa couche, s'y réfugier, le salut était à ce prix ; suivant les traces du fauve, elle escalada la falaise rocheuse, se glissa à travers les saules polaires et les épinettes, et l'exercice qu'elle accomplit fit circuler son sang, ramena quelque chaleur dans son corps, dissipa l'engourdissement de ses membres, réveilla ses sens. Il fallait signaler son passage : elle brisa une branche, dressa trois pierres sur une dalle. Avec tous ces signes de piste, Max la rejoindrait plus vite.

La tanière de l'ours était un véritable refuge, sorte d'abri naturel de quelques pieds de large, abrité de toutes parts contre les intempéries. Le sol était jonché d'excréments récents, mais une épaisse litière de mousse bien sèche accueillit son corps et elle s'y lova avec soulagement. A aucun moment elle ne se soucia de la venue probable de l'animal. Il n'y avait pas de grizzly sur l'île et les ours noirs fuient dès qu'ils sentent l'homme.

Elle reprit peu à peu ses esprits, examina l'endroit. Provisoirement elle y serait à l'abri des tempêtes. Elle allait faire du feu, se sécher, ensuite elle aviserait.

Déjà le fatalisme de sa race opérait : ce qui était arrivé devait arriver.

Comme elle avait perdu sa machette et tout le matériel de campement qui constituait la cargaison du canot, elle prépara soigneusement son feu, amassant un gros tas le lichen qui pendait bien sec, en barbes argentées, des basses branches d'épinette ; sur cette mousse, elle brisa de menues brindilles, puis disposa à portée de sa main du bois choisi parmi les branches sèches. Fouillant alors dans ses vêtements, elle s'aperçut avec terreur qu'ils étaient détrempés, les allumettes étaient dans sa ceinture qu'elle dénoua fébrilement, espérant que l'eau ne l'avait pas transpercée. Ses mains, reprises d'un tremblement nerveux, ne lui obéissant qu'à peine, elle mit très longtemps à découvrir la boîte dans les replis de l'étoffe : le papier encore humide se détachait, mais les allumettes paraissaient intactes. La première rata, son phosphore mouillé s'émietta. Elle recommença sans succès avec une autre, une autre encore, toutes pareilles, inutilisables.

Elle s'arrêta hébétée. Allait-elle mourir comme cela, parce que les allumettes refusaient de prendre ? Des frissons convulsifs parcouraient son corps et, le froid faisant lentement son œuvre, ses vêtement gorgés d'eau se recouvraient d'une pellicule de givre qui bientôt se transformerait en gangue de glace.

Faire du feu !

Elle recommença angoissée, maladroite, brisant parfois les allumettes entre ses doigts gourds, déjà à moitié gelés, réussissant parfois à provoquer une brève étincelle qui s'éteignait immédiatement. Elle frottait lentement, doucement, puis à nouveau saisie de frénésie, rageusement, et à ses pieds s'éparpillaient les minces petites baguettes soufrées désormais inutiles.

Le contenu de la boîte diminuait et bientôt il n'y resta plus que trois allumettes, qu'elle vida dans la paume de sa main, puis tint longtemps enfermées entre ses mains jointes, comme si ce geste eût suffi pour les sécher.

Maintenant tout allait se décider : la vie ou la mort.

La première des trois qu'elle essaya perdit son embout au premier frottement. Elle contempla les deux dernières avec hébétude, sa gorge était secouée de sanglots, mais ses yeux restaient secs. Raidissant sa volonté, elle retint son souffle pour réprimer le tremblement qui l'agitait et réussit à frotter légèrement, très doucement, jusqu'à usure totale de l'embout phosphoré, la deuxième allumette.

Alors une sorte de révolte s'empara d'elle, elle éleva la dernière à hauteur de ses yeux déjà voilés, puis d'un geste rageur, la brisa sur la boîte et la jeta au loin.

Désormais tout était accompli. Plus rien ne viendrait la sauver.

Elle devina l'avance progressive du froid dans ses viscères, bientôt il s'emparerait du cœur et tout serait dit ; déjà ses jambes ne lui répondaient plus.

Elle réussit à se traîner jusqu'à une petite épinette qu'elle étreignit et tint serrée contre elle, comme une chose vivante, comme un dernier lien qui la rattacherait à la terre.

Elle ne souffrait plus, une sorte de béatitude l'envahit ; un mince sourire éclaira son visage et s'y fixa pour l'éternité.

Elle voguait vers des infinis radieux, et Max, debout sur la proue du canot, lui montrait, à l'horizon du grand lac, le soleil surgissant des eaux.

Une étrange musique berçait son rêve intemporel, en laquelle elle reconnut le chant du vent dans la gloire de l'été indien.

8

— Max ! cria Tuktu. *Look ! the boat...*

L'Indien avait bonne vue et Max mit un certain temps à localiser à plus de deux miles de distance un point brillant sur les récifs. Ils furent rapidement dessus et Max décrivit des cercles à basse altitude pour identifier l'objet. Tuktu avait vu juste, c'était bien le canot de Rosa, en partie disloqué, écrasé sur un récif, la coque trouée, les membrures brisées, le kicker arraché.

Max blêmit, refusant l'évidence. Cela ne pouvait être, et il espérait l'impossible, hurlant par la vitre ouverte du cockpit : « Rosa, Rosa, me voilà... » comme si elle pouvait l'entendre, malgré le bruit du moteur, et au-delà de sa mort qu'il n'admettait pas. Dans un geste de folie il piquait directement sur le lac, criant à Tuktu :

— Cramponne-toi, je me pose à côté... Tiens-toi bien !

— Non, Max, va plus loin, dit simplement Tuktu, ici on ne peut pas, la glace est brisée par les courants, essaie derrière la pointe, à deux miles, nous serons sous le vent...

Depuis la découverte du canot, Tuktu savait, et malgré la certitude d'un malheur irréparable rien n'avait trahi ses sentiments, pas un trait de son visage buriné ne

101

s'était crispé, il restait insensible en apparence et très doucement, sans élever la voix, il dirigeait Max.

— Longe la forêt, derrière la pointe tu découvriras le mouillage, il doit être pris par les glaces...

Max piqua dans la direction indiquée. C'était la sagesse même, Tuktu avait raison. Une bande de glace longue à peine de deux cents mètres se consolidait entre deux packs de glaçons brisés. L'atterrissage serait difficile, Max allait devoir se poser vent de travers, pourrait-il freiner son avion avant la falaise ? Déjà il virait pour prendre son terrain, réduisant le moteur, calme et décidé.

L'atterrissage fut scabreux, de courtes congères firent rebondir plusieurs fois l'avion que le vent avait tendance à faire dériver et Max devait sans cesse corriger du pied avec énergie. Il avait coupé le contact dès le premier choc sur la glace et laissait glisser l'avion sur son erre ; il y eut un moment d'angoisse lorsqu'ils virent la falaise rocheuse qui plongeait dans le lac se rapprocher inexorablement, mais une dernière plaque de neige soufflée freina suffisamment l'appareil qui s'arrêta à moins de dix mètres des rochers.

Il leur fallait maintenant regagner le lieu du naufrage, mais longer le rivage était impossible car les eaux libres y affleuraient en maints endroits.

— Suis-moi, Max, dit Tuktu, nous allons couper à travers le bush.

Max se laissa guider. Il était à bout de nerfs, et son désespoir contrastait avec l'impassibilité de l'Indien.

— *Come on,* Max ! répéta Tuktu.

Sa voix d'ordinaire rauque avait un accent de douceur qui seul trahissait son émotion.

Ils partirent. Tuktu, marchant devant, taillait à grands coups de machette une piste dans le sous-bois épais ; ils enfonçaient jusqu'au mollet dans un muskeg spongieux et gorgé d'eau, trébuchant sur l'entrelacs serré des bois morts et des branches brisées et pourries.

Ils gagnèrent, par le fond d'un ravin, le plateau supérieur de l'île où ils purent s'orienter. Pour Max tout était semblable, partout les spruces dressaient leurs fers de lance uniformes, et des deux côtés de la colline, parfois, dans une trouée forestière, on apercevait les eaux grises du lac. Max se fia au sens de l'orientation de l'Indien qui prit plein ouest et le conduisit sans hésitation à travers une falaise abrupte, coupée de vires rocheuses tapissées de mousses et déjà saupoudrées de neige. Le froid était devenu très vif et malgré cela ils transpiraient à grosses gouttes sous leurs lourds parkas de fourrure. Les quelques miles qu'ils durent accomplir parurent interminables à Max. La marche était pénible, ils glissaient sur les branches mortes, dérapaient sur des plaques de glace vive, tombaient, se relevaient, et reprenaient leur avance. Dans le silence de la grande forêt, les coups de machette de l'Indien ponctuaient parfois le bref *lamento* d'une rafale de vent venue on ne sait d'où et qui localement faisait ployer la cime des arbres puis s'enfuyait, rendant la forêt à sa solitude et à son mutisme.

Puis les rafales de vent se firent de plus en plus fréquentes et bientôt l'île entière gémit de toute la douleur de ses arbres ployés et brisés par le blizzard.

— *Storm is coming!* avertit Tuktu.

— Marche, dit rageusement Max, il faut les retrouver au plus tôt. Ils doivent être quelque part, tout près de nous, dans une cache à l'abri du vent, peut-être dans une grotte. Ils n'ont pas dû entendre le bruit du moteur, le vent couvre tout...

Tuktu ne répondit pas. Lui ne gardait plus d'espoir. Si

Rosa ou Mick avaient été vivants, ils auraient fait de la fumée sur l'un des promontoires de l'île. Mais il ne voulait pas décevoir Max ; il faut être un Blanc pour espérer contre tout. L'Indien ne se rebelle pas contre la loi divine. Si le grand manitou a décidé qu'il doit mourir, il meurt, très simplement. Après tout, l'existence d'un être humain n'est que le maillon d'une chaîne de vie qui se transmet d'un corps à l'autre, sans que change l'âme éternelle.

Un fracas de branches brisées, tout près d'eux dans l'épaisseur des fourrés, les arrêta net, mais Tuktu rassura Max.

— Un moose !

L'énorme élan, surpris par leur approche, s'enfuyait à grandes foulées de ses jambes d'échassier, brisant tout sur son passage. Peu après, ils croisèrent sa trace : l'orignal remontait du ravin lorsqu'ils l'avaient dérangé, et la frayée qu'il avait faite dans l'épais sous-bois faciliterait désormais leur descente. Bientôt, en effet, la forêt s'entrouvrit sur un triangle de ciel et d'eau et ils aperçurent, devant eux, la nappe miroitante du grand lac.

Le canot brisé gisait à quelques encablures, sur un fond rocheux très peu profond. Ils entrèrent en courant dans l'eau glacée qui les recouvrait jusqu'à mi-cuisse et atteignirent l'épave.

— Là, dirent-ils presque simultanément, en voyant dépasser la jambe brisée d'un des occupants coincé sous la coque.

— Vite, vite ! dit Max.

Il était hagard et essayait vainement de retourner l'embarcation. Elle était si solidement encastrée qu'ils durent unir leurs forces pour la soulever, dégageant du même coup le corps brisé de Mick, encore engagé sous les entretoises du canot. Le pauvre garçon n'avait pu se dégager à temps et il était mort noyé dans moins d'un mètre d'eau.

— De toute façon, il était perdu ! dit Max en constatant les nombreuses fractures.

Puis tout à coup il réalisa que Rosa n'était pas avec son frère. Un espoir fou le saisit, il se tourna vers Tuktu, comme si l'autre pouvait savoir.

— Et Rosa ?

— Si elle n'a pas été projetée au fond du lac, on doit la retrouver quelque part dans le bush, dit l'Indien. *Help me*, Max !

Ils portèrent le cadavre déjà rigide du jeune Indien sur la grève.

— Attends-moi là, dit Tuktu.

Max comprit qu'il fallait laisser l'Indien agir. Lui seul pouvait retrouver Rosa. Et le fait que Tuktu cherchait avec autant d'impatience n'était-il pas la preuve que Rosa avait échappé au naufrage, qu'elle était là, tout près, sans doute vivante ? Il s'était accroupi auprès du corps du jeune Indien, et il le caressait doucement, lui parlait :

— Tu verras, Mick, on la retrouvera, Rosa !

Tuktu allait et venait comme un chien de chasse. Il marchait le buste baissé examinant le sol avec attention. Il fit ainsi le tour de la petite grève caillouteuse où il se trouvait et qui formait le delta d'un torrent issu des collines, maintenant asséché par le gel. Enfin il trouva ce qu'il cherchait :

— *Here*, Max ! *Look* ! cria-t-il.

Et il montra au pilote une branche d'épinette à moitié cassée.

C'est ainsi que les Indiens jalonnent les pistes pour signaler leur passage. Rosa était passée par là, donc elle

105

vivait. L'espoir envahit Max, mais Tuktu restait silencieux et renfermé. Il n'avait marqué aucune émotion et poursuivait ses recherches. La piste partait de ce point, mais dans quelle direction? L'Indien balaya délicatement de ses mains la légère couche de neige poudreuse qui recouvrait le sol et découvrit la trace, difficilement visible pour un profane, des mocassins de Rosa. Elle donnait la direction prise. En remontant la piste, on parviendrait à Rosa. Ils s'engagèrent dans la forêt. Plus loin, une deuxième branche brisée à hauteur d'homme les confirma qu'ils étaient sur la bonne voie, puis ils escaladèrent une roche polie où trois pierres dressées marquaient encore le passage de l'Indienne; la roche se terminait par un abrupt vertical, et les épinettes serrées qui avaient poussé à sa base y formaient un gîte naturel comme en utilisent les ours; il était abrité du vent. D'un bond qui surprit Max par son agilité, le vieil Indien avait sauté plutôt qu'il ne s'était laissé glisser au bas de la paroi, et le voici qui s'immobilisait, puis tournant lentement la tête vers Max, désignait du doigt une sorte de tanière dans le fourré des arbres.

— Rosa !

Max l'avait presque bousculé pour le rejoindre et à son tour il s'arrêtait, pétrifié d'horreur : la jeune femme, recroquevillée sur elle-même, entourait de ses bras une jeune pousse d'épinette, ses vêtements n'étaient qu'une gangue de glace, et à ses pieds, devant un petit bûcher de lichen et de branches sèches, il y avait une boîte d'allumettes vide.

Les deux hommes revivaient la scène : elle avait vainement frotté les allumettes l'une après l'autre alors que ses doigts devaient être blancs et gourds, puis elle était morte et le froid avait gelé ses vêtements trempés. Cependant son visage ne manifestait aucune angoisse,

106

elle semblait sourire et ses yeux grands ouverts regardaient l'infini que ne perçoivent pas les humains. Alentour, l'ours et la wolverine avaient tourné prudemment sans oser s'attaquer à cette étrange proie.

— Tu vois, elle sourit, dit Max les yeux pleins de larmes.

Tuktu impassible en apparence entoura de ses bras les épaules de Max.

— Partons ! Le blizzard approche, écoute les voix du ciel !

Mais Max n'entendait plus le chant démentiel de la nature, il ne sentait plus le souffle puissant qui faisait tourbillonner la neige ; on eût dit qu'il était, comme Rosa, figé par le gel. Son regard ne quittait pas le visage de la morte et il répétait avec douleur :

— Elle sourit, Tuktu, elle sourit !

— Viens, dit Tuktu. Tu es un homme. Redresse-toi.

Max reçut le reproche déguisé comme un affront. Tuktu avait raison, lui, si digne malgré la perte de deux de ses enfants. Les Dry-Geese l'avaient adopté et il devait agir et penser en Indien, maîtriser sa douleur. Sa réaction fut brutale. Il se releva et commanda à nouveau.

— Porte ton fils, Tuktu, je me charge de Rosa.

Sans plus attendre, il chargea délicatement sur son épaule sa bien-aimée. Il la portait sans effort, comme en rêve, insensible au froid, et suivait Tuktu. Il lui semblait que cet être fragile, autrefois de chair et devenu cristal, pourrait se briser net, comme cela arrive quelquefois par très grand froid aux arbres et même aux pierres.

Ils allaient ainsi sans échanger une parole, regagnant la crique où Tuktu, à son tour, se chargea du corps brisé de Mick, puis ils entrèrent dans l'eau pour gagner le centre de la baie où, sur son banc de glace, l'avion secoué par le vent tirait lourdement sur son ancrage. Ils déposèrent les deux corps dans la soute ménagée derrière les sièges, et à les voir ainsi on eût dit du frère et de la sœur qu'ils dormaient paisiblement l'un près de l'autre, comme cela leur était si souvent arrivé lors de leurs campements de chasse.

Max avait retrouvé son sang-froid, la marche lui avait fait du bien. Il était redevenu le guerrier d'autrefois, dur et impénétrable, il avait renoué avec la mort, et elle lui était à nouveau familière et présente. L'irréparable était accompli, plus rien désormais ne pourrait l'atteindre. Il s'assit aux commandes, lança le moteur qui, encore chaud, démarra facilement. Tuktu, familier de la manœuvre, orienta le nez de l'avion vers le large, puis retira l'ancre et le câble qui le maintenaient ; le pilote fit un point fixe, moteur poussé au maximum, freins bloqués à l'extrême limite du capotage. Le décollage se présentait comme hasardeux, la piste de glace solide était trop courte et le vent de travers ne facilitait rien ; de plus, ils étaient maintenant lourdement chargés.

— Tiens-toi bien, Tuktu, conseilla Max.

Il lâcha les freins brusquement et l'avion démarra, prit de la vitesse, parcourant une centaine de mètres en quelques secondes qui parurent des siècles au pilote ; déjà apparaissait devant lui la glace fragile des courants du lac succédant à la banquise solide où il avait posé son avion ; il maîtrisa ses nerfs, il fallait tirer sur le manche à l'ultime instant, et Max se concentra pour effectuer la manœuvre. A son grand soulagement, l'avion décolla sans paraître avoir quitté la glace, on eût dit qu'il planait et parfois les skis, cabrés par les sandows, heurtaient la crête des vagues. Mais l'essentiel était fait, il tira délicatement sur le manche, et l'avion prit insensiblement de la hauteur ; quand il jugea celle-ci suffisante et qu'il se vit suffisamment éloigné du rivage et des lances acérées des sapins, Max amorça un très long virage à plat puis s'éleva franchement dans le vent dont la force accrue lui permit d'atteindre immédiatement l'altitude de sécurité. C'est alors qu'il constata qu'il n'avait plus de repères, partout la brume de neige recouvrait la surface du lac et seules quelques eaux libres étincelaient çà et là comme des écharpes de soie. Se guidant sur la ligne sombre de la forêt il calcula rapidement un cap qui devrait le ramener à Snowdrift.

— Trop au sud, dit simplement Tuktu, qui de la main rectifia le cap choisi.

Max obéit car il savait que l'Indien, doué du sens de l'orientation des nomades, ne se trompait jamais.

Trente minutes plus tard, en effet, ils survolaient dans la brume de neige les cabanes de Snowdrift. Tout à coup une double rangée de feux s'alluma sur la glace du lac, délimitant l'aire d'atterrissage.

— Father Keredec a pensé à nous, dit Tuktu.

C'était une chance car cette fois le manque de visibilité était total, et depuis quelques instants l'avion trop lourd avait tendance à s'enfoncer. En fait le premier choc sur la glace fut brutal, un grand craquement se produisit et l'avion rebondit, se posa à nouveau, ricocha de congère en congère, s'écrasant à chaque fois sur ses amortisseurs. Max réussit à maîtriser son engin, qui dès lors glissa sur ses larges skis, passant entre la double grille lumineuse, faite de boîtes de conserve pleines d'essence qui brûlait en dégageant une fumée noire.

Au dernier moment, Max freina. A quelques mètres, devant son cockpit, il découvrait les Indiens de Snowdrift rassemblés sur la plate-forme de l'appontement. Le père

109

Keredec se détacha de la foule, s'approcha de l'avion, jeta un rapide coup d'œil dans la carlingue, recula et face aux Indiens fit un large signe de croix. Les autres avaient compris et tous les hommes se découvrirent gauchement, tenant à la main leurs bonnets de rat musqué ou leurs casquettes.

Alors une grande clameur s'éleva derrière la masse des hommes. Les femmes indiennes criaient leur détresse en se griffant le visage, et tous les chiens du village alertés par ces cris hurlaient à la mort ; bientôt on ne distingua plus d'où partaient les gémissements et les hurlements, des pleureuses ou des chiens de traîne, enchaînés à leurs piquets.

Max descendit le premier et se reçut sur le sol comme un homme ivre ; il chancelait, et devant lui les hommes s'écartaient. Il allait parler mais le père Keredec s'interposa :

— Vous êtes trempés, vos bottes sont gelées ! ne sentez-vous pas le froid ?

Max fit signe que non.

— Rentrez dans ma maison, il faut faire vite, Dieu fasse que vous n'ayez pas déjà les pieds gelés.

Il les entraîna vers la mission.

Ils s'abattirent comme des masses sur le divan, et le missionnaire et son aide arrachèrent péniblement leurs bottes raidies par le gel. Il était temps ! Ils avaient déjà les pieds blancs jusqu'au-dessus des chevilles. Alors commença un massage énergique qui dura plus d'une heure et pour activer le retour du sang dans les veines, comme ils n'avaient pas d'alcool médicinal, ils employaient du whisky ; et parfois le père en faisait ingurgiter une large rasade à Max qui dodelinait de la tête, inconscient. Tuktu, tête baissée, contemplait bêtement ses jambes qui devenaient violettes, puis roses sous

110

le massage mais lui aussi, comme Max, semblait parfaitement insensible à la douleur atroce que provoquait le retour du sang dans les membres gelés.

— Maintenant, le risque est écarté, dit le missionnaire. Mais j'ai eu bien peur, ça n'aurait rien arrangé que vous perdiez chacun l'usage de vos jambes.

Max hocha la tête. Tout cela n'aurait eu aucune importance. Puis il s'inquiéta de Rosa.

— Ce soir, tu coucheras chez moi, dit doucement le père Keredec.

Max s'y opposa avec énergie.

— Non, je la veillerai dans sa maison, une dernière fois !

— Me permets-tu de t'assister dans cette épreuve ?

Max hésita : il eût aimé être seul avec son chagrin, mais en même temps, il sentait confusément que cette mort provoquait une profonde mutation dans tout son être.

Demain il ne serait plus le même. Il découvrait qu'il n'avait vécu ces dernières années que par Rosa et pour Rosa et qu'il n'avait aimé le bush que parce qu'il était l'univers de Rosa. Maintenant que la jeune femme était morte, il prenait tout à coup peur de sa solitude, le monde brusquement se refermait sur lui, comme si la forêt gigantesque et les eaux sans fin du lac le menaçaient désormais de leurs forces obscures.

— Tu pourrais venir, père, dit-il enfin, mais toi seul ! Demande aux hommes de la porter jusqu'à ma hutte et toi reste avec Tuktu pour pleurer son fils ; plus tard tu viendras me rejoindre.

Il se leva, quitta la maison, suivi du regard par les hommes, les femmes et les enfants groupés silencieusement sur son passage. Il marcha lourdement dans la neige fraîche, le long du rivage, gagna sa maison, ouvrit la porte. Machinalement, il alluma une lampe à gaz d'essence.

La grande pièce commune s'éclaira d'une lumière douce qui fit miroiter les aciers des carabines accrochées au râtelier, il alla vers le divan sur lequel s'étalait, noire avec des reflets fauves, la peau de bison qui leur servait de couche. Plus jamais il ne dormirait là, plus jamais ! Il caressa de la main la chaude et épaisse fourrure, comme s'il cherchait à y retrouver l'empreinte de leurs corps. Puis il recula.

Dehors, les huskies de la meute, attachés à leur longue chaîne, hurlaient à nouveau. Il entendit crisser des pas dans la neige, et Grey Fox et Dry Goose apparurent, portant sur un brancard de fortune le corps de Rosa. Les femmes du village l'avaient parée et elle semblait reposer, les mains jointes.

Ils étendirent la morte sur la peau de bison, se tournèrent vers lui, hésitants :

— *If you need something,* Max, *call !*

— Merci, mes amis, merci ! Retournez auprès de Tuktu.

Ils se retirèrent, impénétrables dans leur regard, dans leur attitude, dans leurs pensées, en êtres à qui la mort est familière et Max éteignit la lampe, pour rester seul avec ses souvenirs.

9

Max n'avait pas fait de feu et ne sentait pas le froid qui, devenu très vif, s'insinuait par les interstices des poutres, sous le chambranle de la porte. Par contre, ses sens devenus d'une acuité surprenante percevaient les bruits indistincts de la forêt, l'embâcle des glaçons sur le lac tout proche, les appels lointains des loups répondant aux hurlements de rage des chiens enchaînés. L'obscurité propice aux angoisses ne l'épargna pas ; il lui semblait que des fantômes passaient et repassaient devant les carreaux givrés des petites fenêtres. Pour les faire fuir il alluma une bougie qu'il planta sur une soucoupe et plaça sur une chaise à côté du divan. La petite flamme oscillait au moindre souffle, découvrant tour à tour le front, les yeux, la bouche ou le cou gracile de Rosa, et ce feu follet de lumière redonnait vie à la jeune femme, rendait plus poignante encore la confrontation. Elle gisait telle une divinité indienne sur l'épaisse fourrure noire et ses yeux fermés soulignés par la frange des cils donnaient au visage une expression énigmatique, presque surnaturelle dans son exceptionnelle beauté. La pâleur de la mort avait atténué le hâle de sa peau et lui avait rendu toute sa douceur veloutée. La lumière de la bougie se reflétait sur le visage et le découpait comme un masque antique, lui redonnait vie, et Max, haletant, croyait voir frémir les traits de la morte. Seul avec son rêve, il prenait la mesure de la puissance de son amour, de son bonheur détruit, et à travers le sourire qui détendait les traits de Rosa, il revivait son récent passé.

Au loin un loup hurla, auquel répondirent les chiens de traîne et ce fut, quelques instants, un ensemble délirant de cris, de jappements, de plaintes qui s'éle- vaient *crescendo* et finissaient comme des hululements d'oiseaux nocturnes. Puis, miraculeusement, le silence se fit ; ne parvint plus à l'intérieur de la hutte que le gémissement très doux du vent à travers les troncs de spruces.

Max se laissa envahir par ses souvenirs.

Ils étaient tous deux au bord de la rivière. La chasse avait été bonne, Rosa avait blessé à mort un élan, un moose gigantesque avec des bois magnifiques, ce tro- phée même qui maintenant, au-dessus de l'amas de fourrure où reposait Rosa, semblait veiller la jeune morte. Rosa avait dressé le bivouac indien, fait d'un auvent de spruces, tout proche de la rivière où ils avaient échoué leur canot. La nuit était froide et belle, les moustiques tourbillonnaient autour d'eux, mais parfois Rosa jetait des herbes vertes sur le feu et l'épaisse fumée dégagée éloignait le nuage d'insectes. Comme ils étaient sales et couverts du sang de l'élan qu'ils avaient dépouillé, ils s'étaient lavés à la rivière, Max s'était mis torse nu puis était revenu s'enfouir dans son sac de couchage pour se réchauffer. La nuit était là, profonde, éclairée par des myriades d'étoiles, le grand feu de branches délimitait un cercle de clarté. Max percevait le chant de la rivière puissant et continu comme un râle, mais de la rivière elle-même il ne distinguait que quel- ques reflets argentés, çà et là au hasard du vent et des flammes. Et tout à coup il avait vu sortir de l'ombre Rosa.

Elle avançait lentement, nue, et sa fine silhouette élancée se détachait sur le fond des ombres, elle avait dénoué sa longue natte, et ses cheveux d'un noir de jais coulaient de son cou gracile sur sa poitrine menue et ferme.

Il ne se souvenait plus très bien. Etait-ce lui qui avait parlé le premier ? Oui, maintenant, il se rappelait les moindres détails : subjugué, haletant, il lui avait tendu les bras. Avait-il crié, ou n'avait-il que murmuré l'appel qui montait du plus profond de lui-même ? Il avait dit « Viens ! » Alors, Rosa s'était arrêtée un instant, en pleine lumière, avait lancé un rire strident comme un sanglot, puis s'était glissée dans le large sac de couchage où il l'avait accueillie, entourée de ses bras, et tout de suite elle s'était collée à son corps, s'était lovée au creux de lui, sans aucune impudeur, comme si elle prenait possession de son bien, comme si ce qu'elle accomplissait, elle l'attendait depuis toujours. Comment alors avait-il pu oublier qu'elle n'avait que dix-huit ans et qu'il en avait trente-deux ! Il avait cru commettre un viol et il s'était rapidement aperçu qu'il n'en était rien. C'était une femme passionnée qu'il étreignait, il sut alors qu'elle l'avait choisi délibérément, et elle lui faisait comprendre, en mots hachés, son bonheur, sa joie profonde, la pureté de cet amour, la violence de son désir.

— Max, disait-elle, tu es à moi, enfin ! Je t'attendais depuis si longtemps, tu es mon maître maintenant, pour toujours.

Devant la violence des sentiments qu'elle exprimait, Max sut dès cet instant que rien ne pourrait plus les séparer et qu'il serait le maître et l'esclave.

Ils s'étaient aimés toute la nuit. Quand ils cessaient

leurs jeux amoureux, et qu'ils laissaient se calmer le battement de leurs cœurs, ils écoutaient les bruits de la forêt, vivante et frémissante de mille vies inquiètes. Ils entendaient des grognements, des feulements, des branches craquaient, et Rosa l'Indienne identifiait à l'oreille ces hôtes nocturnes.

— Ça, c'est la wolverine. Elle rôde autour du séchoir à viande.

Il y avait eu comme une dispute violente et brève, un miaulement de colère avait couvert un grondement irrité.

— Le lynx est là, il essaie de faire fuir la wolverine !

Puis, le calme revenu, ils avaient entendu un craquement d'os brisés entre des mâchoires d'acier. Les loups broyaient le squelette de l'élan et leur festin durerait toute la nuit.

Ils avaient enfin sombré dans le sommeil. Quand il s'était réveillé, Rosa était déjà debout depuis longtemps et avait tout préparé. Ils étaient rentrés à Snowdrift, descendant le fil de la rivière sur le petit canoë lourdement chargé.

Une saute de vent s'était abattue sur le village, et avait frappé comme une masse la charpente de la hutte, faisant gémir les assemblages des poutres ; dehors le blizzard se déchaînait et cette violence s'accordait à l'heure présente. La sérénité de la mort semblait dominer la fureur des éléments naturels ; Rosa voguait dans un univers où plus rien désormais ne pouvait l'atteindre. Max l'envia d'être morte. Un instant, il songea à se suicider. Non, il vivrait avec ses souvenirs.

Le père Keredec les avait unis religieusement devant toute la tribu et comme il faisait beau temps, la cérémonie avait eu lieu en plein air, sur les roches polies du promontoire, là où s'élève une croix de bois. Puis dans les huttes on avait préparé de la bière indienne,

116

avec toutes sortes de plantes et d'ingrédients, mais Rosa et Max, devinant l'orgie qui allait suivre, étaient partis aussitôt en canoë, salués par les coups de fusil des hommes et les chants des femmes. Cette nuit, ils l'avaient passée au bord de la rivière, là même où ils s'étaient donnés l'un à l'autre.

Par la suite, Max avait voulu emmener Rosa à Yellowknife, où se trouvait sa petite base aéronautique. C'est de là que provenaient toutes les missions, mais Rosa à sa grande surprise avait refusé :

— Non, Max, je désire rester à Snowdrift.

— Mais là-bas, lui disait Max, tu seras une dame, tu es la plus belle. Et chacun t'admirera et me jalousera, ajoutait-il avec une fierté bien masculine.

Elle avait tenu bon.

— Aller à Yellowknife serait sceller notre malheur. Que tu le veuilles ou non, mon aimé, je ne serai là-bas qu'une squaw de la forêt, je ne serai admise nulle part, et bientôt toutes les portes se fermeront sur nous, sur toi. Non, restons à Snowdrift : on y construira notre maison. Que tu partes d'ici ou de Yellowknife, ça ne fait que cent cinquante miles de plus, ton mécanicien prendra les commandes ; et puis tu n'auras pas besoin de tant travailler, j'ai ma trap-line, je fais beaucoup de fourrures, et castors et rats musqués ne manquent pas. Ici nous serons heureux, Max, et je ferai de toi un Indien. Déjà le village t'a adopté, pourquoi irions-nous chercher le malheur dans les villes ?

Elle avait raison. Ils étaient restés.

Alors, il avait construit leur maison actuelle, et tout le village les avait aidés ; ils avaient choisi les plus beaux troncs de spruce, qui, écorcés naturellemment, avaient pris avec le temps une belle patine dorée qui illuminait la grande pièce. Max n'avait fait venir que le strict nécessaire de la « Bay » : un grand fourneau à mazout, un poêle central. Il avait acheté un canot métallique qu'il avait équipé d'un kicker de 25 ch, et qui remplacerait le canoë classique pour les traversées du lac.

Et les années de bonheur avaient passé sans qu'ils se lassent jamais l'un de l'autre.

Tard dans la nuit, le père Keredec frappa doucement et entra.

Max, prostré devant le divan, ne tourna même pas la tête.

— Tu devrais manger un peu, tu auras besoin de toutes tes forces, relève-toi. Dieu maintenant veille sur Rosa ; la femme de Tuktu t'envoie ce morceau d'élan grillé, et un peu de banek. Nous le partagerons. Ensuite nous parlerons d'elle, ou de toi...

Il obéit comme un automate, et les deux hommes, accoudés sur la table de bois irrégulière que Max avait fabriquée de ses mains, commencèrent leur étrange veillée. La nuit serait longue, mais ils avaient tant de choses à se dire, car Keredec sentait confusément qu'il allait perdre un ami, un compagnon.

Le bush, le lac, les Indiens et les animaux sauvages de la forêt, tout cet univers primitif qui les entourait, Max ne l'avait-il vécu et aimé que pour et par l'amour de Rosa ? Cela, Max seul pouvait le lui dire.

Ils commencèrent par ces choses banales qui accentuent encore la cruauté des deuils ; même en ces pays vierges, la mort ne passe pas inaperçue, et le père Keredec était, en quelque sorte, le représentant de la loi et du gouvernement dans la petite communauté indienne, il avait des comptes à rendre à la société, des rapports fastidieux à établir, les M.P. allaient ouvrir une enquête... Il fallait épargner tout cela à Max.

— J'ai fait le nécessaire, Max. L'administrateur a été prévenu par radio, j'ai envoyé également un message aux M.P. de Fort-Resolution, ne t'inquiète de rien. Demain nous enterrerons ces deux malheureuses victimes, entre nous, et puis après... Après, que vas-tu faire, Max ? Au fond, je sais tout et rien de toi, je ne t'ai jamais interrogé et tu ne m'as pas fait de confidences et Peter Cowl a toujours été d'une discrétion exemplaire. Ce qu'il m'a dit de toi, c'est ce que vous avez fait pendant la guerre. Je savais que tu étais venu ici pour oublier cette tuerie et pour cette raison je ne t'en ai jamais parlé. Je n'ai pas, moi non plus, le culte des héros. Si cela te fait du bien, parle, sinon tais-toi, notre silence commun était à la base de cette amitié que je t'ai donnée et que tu m'as bien rendue. Si ma présence te suffit, ne parle pas.

Max leva lentement la tête.

— Tu es mon ami de quinze ans, et c'est à toi que je dois mon bonheur. Eteins cette lumière, l'ombre convient mieux au rappel du passé.

10

Ils laissèrent leurs yeux s'accoutumer à l'obscurité. Dans la pénombre la grande cabane prit des proportions nouvelles, leurs silhouettes se dessinèrent sur le clair-obscur créé par la blondeur des parois de spruce qui réfractaient un peu de lumière. Par les fenêtres doublées de fleurs de givre passait une lueur bleuâtre, parfois sillonnée de fluides électriques ; la musique du vent accompagnait leur solitude et couvrait par instants la voix feutrée des deux hommes.

Rosa semblait dormir près d'eux, son corps s'enfonçait dans l'épaisseur de la fourrure sombre, accentuant encore la pâleur de son visage cerné d'un halo plus clair.

Le père égrenait son rosaire. Max, nerveux, allait et venait dans la pièce, puis se figeait dans une immobilité totale face à la morte, balbutiait des mots indistincts, s'arrachait à sa contemplation douloureuse et reprenait son va-et-vient de fauve en cage.

Le contraste entre le calme du religieux et l'agitation grandissante du pilote était surprenant. Le père Keredec savait que le moment était venu pour Max de débonder son cœur, mais il fallait laisser venir les confidences. Max revint s'asseoir près du missionnaire, il parlait maintenant d'une voix plus calme :

— J'étais heureux, père, très heureux, et tout est à nouveau détruit !

— A nouveau ?

— J'étais venu chez vous pour refaire ma vie, pour oublier, et j'avais réussi à oublier, c'est pourquoi, Father, je ne parlais jamais de la guerre, de ma famille, de mon passé ; quand on s'exile, il faut tirer un trait sur ses souvenirs, repartir de zéro ; Peter Cowl avait raison, il m'a rendu le bonheur.

— C'est lui qui t'a fait venir dans les territoires ?

— Oui, sa lettre naïve et bourrue m'a décidé. Il me semblait, à l'époque, que Peter était mon seul ami, le seul être en tout cas qui puisse me comprendre, et puis, il habitait si loin de moi, dix mille kilomètres nous séparaient ; à un ami aussi lointain, on ose confier des états d'âme que par pudeur on cache à ceux qui vous sont proches.

— Même à ta mère ?

— Ma mère est morte un an après mon retour de la guerre...

— Et ta famille ? Tu étais peut-être le fils prodigue, mais je suis certain qu'à l'époque elle t'a accueilli avec joie... Tu es un être qui force l'amitié, j'en sais quelque chose ! Savaient-ils que tu étais marié ?

— Non, je n'ai pas jugé utile de leur annoncer notre union. Sans être raciste, mon frère aîné Jérôme est trop prisonnier des principes étroits de la grande bourgeoisie provinciale pour que la nouvelle lui fasse plaisir. J'ai voulu lui épargner cette cause supplémentaire de soucis.

— Tu n'aurais pas dû, Max. Pourquoi leur écrivais-tu si peu ? Oh ! tout se sait dans le Nord, et les lettres de France ne passent pas inaperçues ! Ne vivais-tu pas enfoncé dans ton bonheur ? Tout à l'heure tu m'as dit « tout est à nouveau détruit », que s'était-il passé ?

— S'il y a des torts, Father, ils ne peuvent venir que de moi, car du côté de Grenoble on a tout fait pour me garder. Et maintenant encore sans doute, on m'accueillerait avec joie... Mais si j'ai rompu les ponts, si j'ai peu écrit, une ou deux fois l'an pour de brèves nouvelles, c'est parce que la guerre a fait de moi un homme inadapté, inutile aux miens, peut-être plus, nuisible dans la mesure où je refusais leur mode de vie, faite de labeur et d'austérité, au milieu des richesses acquises grâce à ces qualités des gens du Dauphiné...

— N'y avait-il pas autre chose, Max ? Tu n'es pas forcé de me répondre, mais peut-être pourrais-je t'aider. Bien sûr, tout serait plus facile si tu croyais en Dieu, si tu acceptais tout de notre religion, mais...

— Pourquoi me dire cela, père ? Tu sais bien que j'ai toujours cherché Dieu, sans le trouver, que je l'ai appelé et qu'il ne m'a jamais répondu, que j'envie ceux qui croient, car pour des êtres comme moi il n'y a que de la désespérance...

— Dieu se fera connaître à toi quand il le voudra et au moment choisi ; patiente, Max, tu es plus proche de lui que bien des gens qui vont à l'église et n'appliquent pas les principes chrétiens. C'est pour cela que j'admire la foi simple des Indiens, leur catholicisme mêlé de superstitions issues du plus profond des âges et qu'il serait vain et inutile de vouloir détruire car elles constituent une recherche constante de la divinité.

— Tu as peut-être raison, Father, je ne peux pourtant pas te raconter ma vie, elle est si banale que tu n'y trouverais sans doute pas les raisons de mon amertume : la guerre seule est coupable qui fait de jeunes adolescents comme moi des massacreurs de femmes et d'enfants, des assassins anonymes, téléguidés, irresponsables.

— La guerre, la guerre, elle a bon dos, la guerre !
Es-tu certain qu'il n'y a pas autre chose ? Qu'a fait
Peter Cowl pour te décider à venir le rejoindre ?

— Il me connaissait bien et il a deviné ce que je lui
cachais ! D'ailleurs, tiens, sa lettre, je l'ai conservée
comme un talisman. Elle est comme il était lui-même,
bourrue, directe, avec un langage de soldat, sans fioritu-
res.

Il se leva, fouilla dans un tiroir, en retira une enve-
loppe jaunie qu'il tendit au père Keredec :

— Tu peux la lire.

« Cher old Max,

» C'est pas vrai, c'est pas toi, je ne te reconnais pas !
Ta lettre est si moche, tu parais si malheureux, comment as-tu fait pour en arriver là ? Toi le joyeux vivant,
toi le risque-tout, toi qui m'as ramené un jour dans les
lignes avec un moteur en flammes et la dérive faussée !
Non seulement tu devrais être content d'être en vie,
comme moi je le suis, et remercier le Seigneur qui t'a
protégé, au lieu de ça, Monsieur tourne en rond, remue
des pensées amères, et pourquoi, bon sang, pourquoi ?
Tu es vivant, tu es riche, ton frère mène l'usine et te dit
lui-même que le mieux pour toi est de te tourner les
pouces. J'en connais qui s'en contenteraient, moi le
premier... Je sais qu'il est dur de se réadapter après les
années terribles que nous avons vécues, mais que diable !
Tu es un homme, un homme énergique, tu l'as prouvé.
Tes remords t'honorent ; moi aussi je suis écœuré quand
je songe à toutes les victimes innocentes de la grande
tuerie. Mais c'était la guerre, il fallait la faire, et des
deux côtés c'était à celui qui anéantirait l'autre, moi

124

aussi j'ai des cauchemars, ou plutôt j'en avais car depuis que je suis ici, je ne me pose plus de questions, j'ai découvert la liberté, je suis mon maître. Auparavant, oui, il m'arrivait de me réveiller couvert de sueur, revivant le cauchemar des bombardements sur la Ruhr, sur la Silésie, les villes que l'on voyait brûler sous nos ailes, Leipzig rasée, les camarades qui tombaient en flammes, les retours difficiles, et l'attente d'un nouveau départ, d'une nouvelle mission, et les copains disparus. Te souviens-tu, Max, nous étions seize au début, de cette équipe, à la fin de la guerre nous ne restions plus que nous deux ! Sans parler de ceux qui étaient venus remplacer les morts et qui étaient morts à leur tour.

» Mais tes raisons ne sont pas valables, tu me caches autre chose ! Alors si tu ne veux pas le dire, garde-le pour toi, mais je connais le remède : bazarde tout ce qui te retient en Europe, viens me rejoindre dans les territoires du Nord. Tu t'achèteras un petit avion au passage, skis et flotteurs, pas besoin de roues, et nous ferons à nouveau équipe ! Mon domaine ? Tous les territoires du Nord, grands comme l'Europe, quinze mille Indiens, huit mille Eskimos, de la forêt, des lacs, des glaces, une paix royale, mon vieux ! Et ce qui n'est pas désagréable, on gagne assez de fric pour n'avoir pas de soucis matériels et la certitude de pouvoir remplacer son taxi le moment voulu. Je suis basé à Yellowknife, la cité de l'or, tu trouveras ça sur les rives du lac des Esclaves, un peu plus grand que le lac du Bois de Boulogne. Ici on parle anglais, mais tu auras la compagnie de braves missionnaires français pour ne pas oublier ta langue maternelle. Je t'attends.

Peter. »

Sa lecture terminée, le père Keredec replia la lettre, la

rendit à Max. Le silence était aussi profond que les pensées des deux hommes. Par les vitres passaient parfois d'étranges lueurs. Le père Keredec se leva, alla à la fenêtre : des écharpes scintillantes pendaient du ciel et se drapaient comme soutenues par d'invisibles embrasses. La lumière qu'elles exhalaient ne rayonnait pas mais colorait étrangement la surface de la terre, faisant miroiter au loin les eaux glacées du lac.

— La première aurore boréale, la nuit sera bientôt totale ! dit le père. (Puis, prolongeant sa pensée au-delà des phénomènes physiques qui l'avaient distrait, il revint à Max :) Il te connaissait bien, Peter ! Et il t'aimait suffisamment pour que tu lui obéisses et viennes le rejoindre.

— Peter avait deviné, Father, la guerre seule et ses séquelles de souvenirs atroces avaient pu m'abattre momentanément, mais il me savait de taille à me relever tout seul. La hantise de la guerre et mon tardif réveil de conscience n'expliquaient pas mon attitude, mon comportement devant la vie. Quant à ce complexe d'infériorité que je ressentais au sein de ma laborieuse famille, il ne le jugeait pas, lui non plus, suffisant pour m'amener là où j'en étais. Que veux-tu, Father, rien ne m'avait préparé à une carrière d'industriel ; depuis mon adolescence, je faisais la guerre, rien que la guerre, et à mon retour mon frère aîné Jérôme, qui présidait le conseil d'administration de l'usine familiale, l'avait bien compris : il m'y avait donné un fauteuil de paille, sans responsabilités précises. Comme me l'écrivait Peter, je n'avais qu'à me laisser vivre. J'étais suffisamment riche pour fonder quelque chose qui fût mieux dans mes cordes, que sais-je, par exemple une petite compagnie privée d'aviation légère. La vérité, Father, je l'avais cachée à tout le monde, même à ma famille. Lorsque mon temps de pilote de guerre terminé je revins au pays natal, c'était, comme tu l'as dit, en fils prodigue avare de ses nouvelles, et ce fut pour découvrir que Jérôme avait épousé Arlette... Arlette, la petite amie d'enfance, l'inséparable de ma jumelle Danièle. On se fait des illusions, Father, et les absents ont toujours tort. L'erreur, c'est que j'aimais Arlette et que je croyais qu'elle m'aimait... Mais il faut remonter le temps, je t'ennuie avec toutes ces histoires.

— Raconte, Max, tu verras plus clair en toi.

— En 1940, j'avais vingt ans, j'étudiais en deuxième année de lettres à la faculté de Grenoble. Mon père était mobilisé sur place à la direction de l'usine, Jérôme était parti sur la ligne Maginot, et quand vint la débâcle, et que je vis les Allemands à Voreppe, je m'enfuis vers le sud, et passai assez facilement en Espagne, puis au Portugal et de là gagnai l'Angleterre. Je laissai derrière moi ma famille et mon premier amour : Arlette !

» Arlette Batayer était la fille d'un industriel voisin et ami de mon père ; les deux familles se fréquentaient. Arlette était en pension avec ma sœur jumelle Danièle, et pendant les vacances elle était constamment chez nous, on jouait au tennis, on montait à cheval. Jérôme était à l'université, et pendant les vacances il accomplissait des stages dans différentes papeteries pour s'initier à son futur poste de directeur. On ne le voyait pour ainsi dire pas. Arlette, Danièle et moi formions un trio inséparable, j'étais amoureux fou, mais j'ai toujours dissimulé mes sentiments intimes et je m'efforçais de ne rien laisser voir de ma passion. En adolescent romantique je cachais en moi comme un feu brûlant. Pour mes bacs, mon père, qui nous élevait avec sévérité mais savait reconnaître nos efforts, m'avait offert un petit avion, un Potez 36 à bec de sécurité, avec lequel je survolais la vallée de l'Isère, me laissant porter par les ascendances le long des flancs de Belledonne, et parfois j'emmenais Arlette, et quand nous étions tous deux dans les nuages, je connaissais des minutes exaltantes de bonheur.

» Quoi qu'il en soit, à la débâcle, je partis sans un regard en arrière, persuadé que je serais bientôt de retour, et sans confier à quiconque, et surtout pas à Arlette, la passion qui me dévorait.

» Les Anglais me reçurent avec intérêt. Un jeune pilote, même ne possédant que le deuxième degré de tourisme, c'était une aubaine et du temps de gagné ; aussi m'envoyèrent-ils immédiatement au Canada faire un stage dans une formation de bombardiers. C'est au cours de ce stage que je rencontrai Peter, et nous ne devions plus nous quitter jusqu'à la fin de la guerre.

— Et à Peter tu n'as jamais rien dit de tes amours...

— C'est la seule chose que je lui cachai, je vous l'ai dit ; je suis retenu par une sorte de pudeur qui m'empêche de me confier. Pourtant cet amour caché au plus profond de moi-même devait me soutenir durant toute la campagne, d'autant plus exacerbé que, bien sûr, je n'avais aucune nouvelle de ma famille et du Dauphiné, sinon celle que la B.B.C. nous donnait. C'est ainsi que j'appris la formation des maquis du Vercors, de la Chartreuse et de Belledonne, et que j'eus l'intuition que ma famille était mêlée à ces drames de la Résistance. Mais j'étais loin de soupçonner la vérité.

» Alors, durant quatre ans, pilotant des bombardiers lourds puis légers, pour finir sur les terribles Mosquitos à grand rayon d'action, Peter, mes camarades et moi sommes allés jeter des tonnes de bombes sur la Ruhr, sur les centres industriels et les grandes villes de l'Allemagne, et aussi sur la France occupée. Et quand je

128

voyais s'allumer sous mes ailes les grandes flammes des incendies que nous avions provoqués, je ne pouvais m'empêcher de penser que je venais de tuer des Français, et je commençais à me demander si vraiment la guerre, c'était cela, et puis il y eut le dernier raid, le plus atroce, sur Leipzig, qui détruisit la ville entière. On en a peu parlé, mais ce bombardement fit presque autant de morts que Hiroshima. Bien sûr, c'étaient des Allemands, donc des ennemis, mais c'étaient en majorité des civils, des femmes, des enfants et aussi des prisonniers de guerre travaillant en usine...

» Après ce raid, je subis une forte dépression et mes chefs me mirent au repos, puis, peut-être pour me réadapter, m'envoyèrent en mission en Afrique, puis en Indonésie, abandonnée par les Japonais. La guerre était terminée depuis deux ans lorsque je revins au pays. Je n'avais reçu aucune nouvelle de mes parents, pour la bonne raison que je n'avais jamais écrit et qu'ils ignoraient mon adresse. A l'armistice toutefois, ils surent que j'étais vivant par un mot laconique expédié de Singapour, leur disant que j'étais en bonne santé et que je reviendrais bientôt...

» Ils ne furent donc pas surpris de me voir un beau jour revenir au Murger, et ils m'accueillirent en héros. Dérision ! Le héros, ce n'était pas moi, mais mon père qui, après une brillante campagne en 1918, avait préféré saboter l'usine plutôt que de produire pour l'Axe, et qui était mort en déportation. Après son arrestation, Vichy avait désigné un administrateur pour le remplacer, Charles Béraldi, brillant ingénieur et, chose que Vichy ignorait, résistant de la première heure. Charles dirigeait un réseau qu'il conduisait prudemment et avec sang-froid. Il s'arrangeait pour que la production de l'usine ne dépassât jamais un certain niveau, juste ce qu'il fallait pour ne pas attirer l'attention des membres de la commission allemande. Il s'était épris de ma sœur Danièle et il l'avait épousée dans l'intimité. Hélas ! dénoncé, il était à son tour arrêté et fusillé au polygone de Grenoble, sans même connaître la naissance de son fils Bruno. Ces nouvelles, Jérôme me les avait apprises lentement, dans la voiture qui nous ramenait de Grenoble où j'étais arrivé par le train de Paris.

— Pauvre Max, je commence à comprendre...

— Attends, ce n'est pas tout ! Tout cela s'enchaînait comme un bilan tragique : la mort de notre père, la santé précaire de maman ébranlée par tous ces malheurs, la mort de notre beau-frère que je n'avais pas connu mais qui me semblait digne d'admiration. Pauvre Danièle ! ma sœur chérie, veuve avec un enfant ! C'est alors que je songeai à Robert : « Et Robert, dis-je à Jérôme, tu ne m'en parles pas ? » Robert, c'était le petit dernier, mon jeune frère. Jérôme détourna la tête mais je vis des larmes dans ses yeux. « Robert a pris le maquis en 1943 et a été tué dans le Vercors à vingt-et-un ans... Voilà, tu sais tout, me dit-il. — Cache ta peine, maman est si heureuse de te revoir. Et ma femme aussi ! Cachottier ! lui dis-je, tu es marié ! Tu peux bien parler de cachotteries, me dit-il, toi qui n'as jamais écrit ! Mais je te réserve une surprise. — Quelle surprise ? Tu verras ! »

» Quand nous descendîmes de voiture devant le perron de la villa que dans le pays on nomme pompeusement « le château », ma mère m'attendait sur le seuil, pâle et amaigrie. Pauvre maman, quel calvaire avait été le sien et, à ce moment-là, je me maudis de n'avoir pas essayé par tous les moyens de communiquer avec elle ! Je me jetai dans ses bras, et je vis derrière elle Arlette, qui s'avançait, souriante, heureuse. Ainsi elle m'attendait, c'était cela la surprise annoncée. Ils ont tout deviné, pensais-je, mon secret était le secret de polichinelle. Je la contemplai, surpris ; elle avait perdu son sourire d'adolescente, mais sa nouvelle gravité lui seyait à merveille, et puis j'étais abasourdi, tout cela était trop brutal, je n'y étais pas préparé, apprendre la mort d'un père, d'un beau-frère, d'un frère et tout à coup retrouver presque miraculeusement le fil cassé qui renouait avec le bonheur. Je restai debout, les bras ballants, et c'est alors que j'entendis comme en un rêve Jérôme qui disait : « Alors ! tu n'embrasses pas ta belle-sœur ? — Arlette, ma belle-sœur ? » Mes yeux se dessillaient, je dus faire un effort surhumain pour masquer la panique qui s'emparait de moi. Arlette mariée à mon frère ! Pauvre imbécile que j'étais ! J'éclatai d'un rire démentiel et la serrai frénétiquement dans mes bras.

Le père Keredec posa son bras sur celui de Max :

— Ne dis plus rien, tu te fais trop de mal...

— Au contraire, Father, j'ai l'impression de débrider définitivement une vieille blessure.

» Le coupable, c'était moi ! Pourquoi en vouloir à Arlette ? J'aurais dû me confier à elle avant mon départ, nous aurions pu échanger des promesses, et au lieu de cela, j'étais parti et je n'avais pas donné signe de vie durant cinq ans ! Comment avais-je pu croire qu'elle m'aimait ? Maintenant je voyais plus clair. Nos jeux d'adolescents, ces quelques baisers échangés, ce que je prenais pour une idylle n'était qu'une amitié fraternelle encouragée par l'affection que se portaient réciproquement Danièle et Arlette. Elle m'aimait comme un frère. Jérôme non plus n'était pas coupable.

» Mobilisé l'un des premiers comme lieutenant du Génie, il avait été fait prisonnier à la débâcle, avait cherché à s'évader, passé le plus clair de sa détention en forteresse et durant ces longues années de claustration il n'avait eu qu'un secours moral, les lettres de sa marraine de guerre, Arlette, lettres affectueuses au début, puis changeant de ton au fur et à mesure que s'établissait cette correspondance entre deux êtres faits l'un pour l'autre. Un amour très pur. Ils s'étaient mariés à la libération de Jérôme. Il n'y avait rien à dire. Tout était correct. Ah! si au moins l'un des deux avait été coupable, j'aurais eu quelqu'un à haïr et ma haine m'aurait soutenu...

— Tais-toi, Max, tu blasphèmes.

— Excuse-moi, je revis tous ces détails pour la dernière fois. Dès lors, ma vie au Murger ne fut qu'une suite de dissimulations. Jérôme, Arlette et Danièle m'accueillirent avec tout leur cœur et eux qui avaient tant souffert de la guerre trouvèrent les mots qu'il fallait pour me faire oublier les cauchemars qui chaque nuit troublaient mon sommeil. Moi, je cachais ma peine sous une fausse apparence de bonheur. J'étais revenu la poitrine chargée de décorations françaises et alliées, j'étais l'un des héros de la R.A.F., on me fêtait partout, j'allais de réception en réception, jusqu'au jour où, faisant un retour sur moi-même, je songeai qu'il me faudrait peut-être bien prendre part aux responsabilités de l'usine. Jérôme fit de louables efforts pour m'y intéresser, mais comme je vous l'ai dit, je n'avais pas de formation et, en dehors du pilotage, je ne savais rien faire. Alors, connaissant mon goût pour les voyages, il me chargea de la représentation de l'affaire un peu partout dans le monde. J'échouai lamentablement. Conclure des marchés avec les requins du négoce n'était pas mon affaire. Je renonçai. Je coûtais plus cher à travailler pour l'usine qu'à ne rien faire. Jérôme me conseilla de rester tranquille. Je n'avais aucun souci d'argent à avoir, la reprise des affaires en papeterie avait été sensationnelle, et l'usine modernisée avait un rendement qui aurait fait la fierté de mon père et de mon grand-père. Malheur à ceux qui ont trop de loisirs et trop d'argent en poche. Je traînais de plus en plus dans les bars et les boîtes de Grenoble, de Lyon, ou de la Côte d'Azur, je me dégradais de jour en jour, et j'étais conscient de ma déchéance. Il fallait en finir, l'idée de suicide m'est venue, puis je me suis souvenu de Peter Cowl, de son amitié, de notre fraternité d'armes, et avant de disparaître, j'ai voulu lui écrire une dernière fois. Dans ma lettre je ne lui parlais pas d'Arlette, mais il avait deviné. Quand vint sa réponse, j'étais décidé. Peter avait raison, il fallait fuir l'Europe. Je mis de l'ordre dans mes affaires, confiai la gestion de mes intérêts à Jérôme. Arlette et lui parurent ravis de ma décision, seule Danièle me vit partir avec tristesse, et ce fut elle qui m'accompagna jusqu'à la gare. Elle tenait dans ses bras son fils, mon petit neveu et le sourire de cet enfant fut la dernière vision que j'emportai.

» J'avais en poche suffisamment de dollars pour m'acheter mon premier taxi : un petit piper-club, amphibie. La suite, tu la connais, le bush, l'exemple irradiant d'optimisme de Peter, la vie simple qu'il m'avait promise, puis la rencontre de Rosa, une nouvelle vie, et maintenant à nouveau le cercle s'est refermé, tout est fini...

— Rien n'est fini, Max, tout ne fait toujours que recommencer.

Max haussa les épaules, il était accablé et résigné à souffrir.

— Je vais partir ! Pour aller où ? Je n'en sais rien. Pourtant j'aimerais rester dans ces régions presque inhabitées et qui sont cependant à l'échelle de l'homme seul ! Note que tu n'as pas à t'inquiéter, que ce soit l'Afrique ou l'Indonésie, partout on demande des pilotes, j'aurai de quoi m'occuper.

— Pourquoi ne retournerais-tu pas chez toi ? Oh ! bien sûr, pas pour y rester définitivement, je te connais trop, tu n'es pas fait pour le monde occidental, mais quelques mois, un an ou deux peut-être te seraient salutaires. Tu as besoin de cette confrontation pour chasser tes chimères. Tu verras, rien ne sera comme avant, l'amour de Rosa a chassé le souvenir d'Arlette, tu verras ta belle-sœur avec des yeux nouveaux, et tu retrouveras ton pays. Car, vois-tu, quel que soit l'endroit du monde où l'on se fixe définitivement, le pays natal reste toujours un souvenir nostalgique. Moi-même, il m'arrive quelquefois de penser à ma Bretagne, à mes vieux parents, à mes frères et sœurs, et alors un désir fou me prend d'aller les retrouver. En vingt ans de mission cela ne m'est arrivé que deux fois, et la dernière fois c'était il y a huit ans !

— D'accord, père, je passerai par Grenoble, je reverrai ma famille, puis cette fois je disparaîtrai à nouveau, et pour de bon, je vais d'ailleurs tout bazarder ici...

— Ne te presse pas, Max, tu pourrais le regretter. Quand on a vécu dans les territoires du Nord, on s'en détache difficilement ; je m'occuperai de tes chiens, je surveillerai ta maison.

— Ma maison, je te la donne, elle sera plus confortable que ton vieux presbytère ; mes chiens, bien sûr, tu en disposeras, ne serait-ce que pour renouveler ta meute.

— Tu ne me donnes rien, Max, je serai le gardien de tes biens, c'est tout, et j'attendrai patiemment ton retour.

— On peut prévoir l'avenir, père ?...

Deux sourdes explosions ébranlèrent la cabane de

rondins, le père et Max sursautèrent. Les Indiens creusaient les tombes à coups d'explosifs dans la terre gelée et, demain, la cérémonie achevée, ils empileraient des pierres pour éviter que les fauves ne viennent déterrer les morts.

Puis le calme et le silence reprirent possession des lieux.

Le père songeait : il était indispensable que Max retourne passer quelques mois au sein de sa famille, ne fût-ce que pour mieux mesurer et peser les décisions qu'il prendrait par la suite. Max avait connu le bonheur avec Rosa, que risquait-il à retrouver son premier amour ? Quant au traumatisme causé par la guerre et les bombardements, tout cela finirait bien par s'apaiser. Oui, se dit le père Keredec, il faut qu'il parte !

Il y eut tout à coup comme une illumination dans la pièce. La lumière étrange qui baignait le lac et la taïga pénétrait avec une densité extraordinaire par les ouvertures, l'aurore boréale était à son plein.

C'était une lueur diffuse et colorée, changeante comme un reflet de moire, qui se posait parfois sur Rosa, visage d'ivoire ou figure de bronze, endormie paisiblement sur les reflets fauves de la fourrure noire. Il leur semblait alors qu'elle prenait vie et Max quêtait en vain la première pulsation du buste qui marquerait ce réveil. Ces rares instants étaient à la fois merveilleux de sérénité et angoissants de mystère.

Il fallait rompre le subterfuge, dissiper les angoisses.

— Sortons un instant, Max, dit Keredec, le ciel s'associe à ta peine, viens contempler les puissances éternelles...

Il s'agissait bien, en effet, d'un phénomène cosmique : dans le ciel irradiant d'étoiles, des écharpes colorées de rose, d'argent, d'orangé, pendaient des galaxies et se mouvaient en plis et replis somptueux comme un immense rideau de théâtre dressé sur la scène miroitante du lac. La nuit, sans disparaître tout à fait, s'effaçait devant un clair-obscur presque aussi laiteux qu'un clair de lune, mais seules les eaux et les glaces du grand lac réfractaient une pâleur d'opaline et sur elles jouaient les reflets descendus des espaces infinis ; le manteau sombre de la forêt se hérissait de pics étranges, révélait des détails inaperçus le jour et le village tout entier, assoupi dans le calme repos du soir, brillait par ses toits de tôle, l'éclat de ses fenêtres, le bois plus clair des parois de rondins, posées en échiquier sur le sol neigeux.

Max leva le visage vers le ciel, on eût dit qu'il voulait baigner sa figure dans cette lumière venue des au-delà terrestres, plus vivante qu'une clarté sélénique, plus douce qu'une clarté solaire, et qui semblait le pénétrer par tous ses rais invisibles, l'envelopper de son mystère, apaiser les battements de son cœur.

— Rentrons, dit le père Keredec, le froid devient très vif.

— Tu as raison, Father, je crois qu'il me sera difficile d'oublier ce pays.

— Tu ne l'oublieras jamais, Max. Toi comme moi nous sommes rivés à ces lacs, à ces forêts, à ce ciel, aux espaces infinis qui nous entourent...

Avec une rapidité bouleversante, tout s'éteignit en quelques secondes, les écharpes de lumière se déchirèrent sous l'action des courants cosmiques, se frangèrent en mille pans reflétant encore quelques scintillements colorés puis disparurent. Alors la nuit redevint nuit, et la forêt fut à nouveau hostile ; hostiles aussi les bruits lointains qui parvenaient jusqu'à eux ; hurlements d'un loup en chasse, aboiements rageurs des meutes enchaînées à leurs piquets, souffle permanent du vent dans les orgues sylvestres de la taïga.

Pourtant le jour allait venir.

Et avec le jour la sépulture de Rosa et de Mick. Tuktu vint frapper discrètement à la porte, puis entra.

— *We are ready, Father.*

Derrière lui les hommes portaient un cercueil hâtivement fabriqué durant la nuit ; dans la grisaille du jour naissant, on apercevait le cercle des femmes et des enfants, maintenus à distance par les vieillards.

Les chasseurs se dirigèrent vers la couche où reposait la morte. Max eut un geste de protestation. Le père Keredec le maintint à l'écart.

— Laisse, Max.

Il jeta un dernier regard vers le corps inerte, vers le visage aux yeux clos, puis sortit pour cacher son trouble.

On entendait les coups sourds du marteau qui enfonçait les pointes, puis les hommes parurent, portant le cercueil, et se dirigèrent vers la petite chapelle de la mission où ils le déposèrent dans le chœur à côté de celui de Mick. Le père Keredec dit la messe en dialecte chipewyan, puis récita les prières des morts et donna l'absoute. Max aurait voulu prier, mais il lui était difficile de suivre l'office en langue indienne ; il sentait monter en lui une bouffée de foi, comme une espérance, mais il ne put discerner si c'était là la vraie foi ou simplement le désir de prier pour que Rosa gagnât les domaines invisibles où elle ressusciterait selon l'Evangile. Il récita mentalement des Ave Maria, et le Notre-Père, seules prières dont il se souvînt, et cela lui fit du bien.

Ensuite ils se formèrent en cortège et traversèrent le village en direction de la colline boisée qui dominait la presqu'île où était bâti Snowdrift. Sur leur passage les chiens hurlèrent à la mort, et bientôt ce fut un concert général d'aboiements, de gémissements, de hurlements qui laissait les Indiens indifférents et fatalistes, mais qui étreignait le cœur des deux Français. Et ce fut ainsi, accompagnés par les pleurs des attelages, qu'ils gagnèrent l'endroit où les fosses avaient été creusées.

L'ensevelissement fut bref, le père Keredec récita les ultimes prières, puis les hommes remblayèrent les fosses et les chargèrent de gros blocs de pierre en forme de tumuli qu'ils couronnèrent de deux croix taillées dans des branches de spruces. Sans un mot et même sans un regard pour Max, les Indiens, hommes et femmes, regagnèrent leurs cabanes, se dispersèrent à travers le village, tandis que les enfants indifférents reprenaient leurs jeux sur la plage de sable enneigée qui s'étendait entre la hutte de Max et le presbytère. Tout était comme avant. La mort n'est pour les Indiens qu'un incident mineur.

Tuktu, un seau de poisson séché à la main, se dirigea vers la meute de Max et commença à nourrir les chiens. Par ce geste, Max sut que le vieil Indien prenait part à sa peine, et qu'il veillerait aussi jalousement que le père Keredec sur ses biens. Car les Indiens savaient déjà que Max allait les quitter, peut-être pour toujours, et pourtant rien n'avait transpiré du long dialogue nocturne entre le père et Max.

Ils ne furent pas étonnés lorsque, le lendemain, ils le virent se diriger vers la baie où son avion était solidement amarré sur la glace du lac. Déjà les jeunes s'empressaient pour l'aider, roulaient les fûts d'essence vers l'appareil. Dry Geese les débondait, puis les passait à Max qui, debout sur l'aile, emplissait les réservoirs. Cela prit du temps, mais plus rien ne pressait maintenant.

Quand ce fut fini, Max dit au père :

— Allons voir ce que dit la météo.

— Tu es si pressé de nous quitter ?

— Pardonne-moi, mais il faut que je m'arrache à ces lieux avant qu'il ne soit trop tard !

La météo était moyenne ; tout au moins cela permettrait-il à Max de gagner Yellowknife et peut-être Fort-Smith le même jour. Il accepta cependant le repas que lui proposa le père.

Ils mangèrent en silence ; le missionnaire ne cachait pas son émotion.

— Tu étais la vie de ce village, Max. Qu'allons-nous devenir ?

— Ne t'inquiète pas ; à Yellowknife je passerai la consigne à un de mes collègues et ils ne vous laisseront manquer de rien.

— Ça ne sera pas la même chose. Toi, tu étais des nôtres.

— Si j'étais la vie de ce village, tu en es l'âme, c'est beaucoup plus important.

Le repas fini, Max dit au père :

— Attends-moi, je vais faire mes bagages.

— Je peux t'aider ?

— Inutile, je laisse tout sur place hormis quelques souvenirs, je te confie mes armes, mes chiens, le mobilier, la maison, fais-en ce que bon te semble ; peut-être pourrait-on y mettre l'école. N'as-tu personne en vue pour remplacer Rosa ?

— Si, je vais parler par radio avec le collège Grandin à Fort-Smith, je trouverai bien quelqu'un...

Plus tard, Max revint. Il portait une petite valise et un lourd colis bâché et volumineux qui intrigua le père. Mais, comme Max ne donnait aucune explication, Keredec s'abstint de l'interroger.

Max décolla au début de l'après-midi, il avait encore deux heures de jour devant lui, c'était suffisant pour atteindre Yellowknife ; le blizzard soufflait régulièrement de l'est soulevant des comètes de neige sur le lac entièrement pris par les glaces. Le plafond était moyen et il put voler à bonne hauteur au-dessus des îles hérissées de spruces qui s'allongeaient çà et là sur l'immense étendue. Enfin apparut la côte nord, avec son archipel d'îles minuscules — delta strié de canaux brillants comme des fils d'argent. Les superstructures du puits de la mine d'or lui donnèrent la bonne direction, et il se posa sans encombre sur le petit lac gelé où l'attendait son mécanicien, le fidèle Tom.

— Je repars ce soir sur Fort-Smith.

— Tu ne feras pas cela, Max, rien ne presse désormais, tu passeras la nuit chez moi, tu ne verras personne, et moi j'aurai le temps de jeter un coup d'œil sur ton taxi. As-tu l'intention d'aller loin ?

— Jusqu'à Edmonton où je prendrai une ligne régulière. Je voulais te demander de m'accompagner.

— Cela va de soi, Max !

— A Edmonton, tu logeras le zinc à l'aérodrome industriel, et tu tâcheras de passer rapidement ton brevet de pilote 2e degré. Tu as le premier, je crois ?

— Oui.

— Ce sera une formalité, tu as suffisamment volé et piloté en double avec moi pour te débrouiller sur les questions radio-gonio, orientation, plan de vol... Quand tu auras ta licence, tu remonteras à Yellowknife avec le zinc et tu prendras ma succession, notamment sur Snowdrift. Je compte sur toi pour qu'ils ne manquent de rien là-bas.

— Mais, Max, le taxi est à toi, il y aura l'usure,

l'amortissement, le risque de le démolir car je n'ai pas ton expérience...

— Casse le taxi si tu veux, mais ne te casse pas la gueule ; le taxi, je te le loue un dollar par an, en souvenir de notre amitié, de ton dévouement, comme cela nous serons quittes...

— Mais, Max, tu vas revenir, tu en auras besoin...

— Cela, Dieu seul le sait et il est trop tôt pour en parler.

Ils prirent lentement le chemin de la demeure de Tom, remontèrent la petite gorge qui conduit au plateau où est bâtie, sur le roc, la ville de l'or, Yellowknife. La nuit était profonde et ils évitèrent les groupes qu'ils rencontraient. Max ne tenait pas à recevoir les fausses condoléances des Blancs de Yellowknife, la mort de Rosa ne les regardait pas, elle et lui s'étaient mis volontairement en marge de la communauté des Blancs. Le mécanicien habitait un peu à l'écart derrière la Mission catholique romaine ; une forte congère barrait sa porte qu'il dégagea à coups de pelle, ils passèrent dans le sas, retirèrent leurs bottes, une douce chaleur les saisit.

— Repose-toi, Max, je prépare le souper, dit Tom.

Il semblait à Max qu'il sortait d'un long, très long voyage, et maintenant tout était comme avant, il se reposait de sa longue traversée, il se reposait dans le silence de la maison, simplement troublé par le va-et-vient de Tom qui s'affairait, comme autrefois, comme toujours lorsqu'il attendait son patron au retour d'un raid dans l'Arctique ou sur les Barren Lands. Il prit alors conscience qu'il serait dans deux jours en Europe, et une angoisse insurmontable l'envahit, car pour lui désormais l'Europe, la France, c'était l'inconnu. Qu'allait-il y faire ? Comment serait-il accueilli ?

Ce même soir, le père Keredec se rendit à la maison de

Rosa. Tout y était comme avant : les armes bien grais-
sées, sur le râtelier, le poêle central ronronnait doucement, mais sur le grand lit-divan, une couverture de
laine rugueuse avait remplacé la splendide peau de
bison. Le père hocha la tête, sourit tristement, et sortit
en refermant la porte derrière lui.

11

Max décolla le lendemain à 10 heures. Il faisait à peine clair et le plafond était très bas, mais comme la météo ne signalait pas de graves perturbations et qu'il se dirigeait vers le sud, il n'avait pas hésité. Ses angoisses de la veille s'étaient transformées en panique et il cherchait à fuir, sans raison, n'importe où, pourvu qu'il laissât derrière lui, égrenés au long des lacs et des clairières, des souvenirs qui le poursuivaient et l'obsédaient.

Tom, à ses côtés, pilotait.

Le mécanicien était grave, pour lui une vie nouvelle allait commencer. Ce qu'il n'avait jamais osé espérer se réalisait, ce petit avion serait désormais le sien ; bien sûr, il lui faudrait subir à Edmonton les épreuves nécessaires pour obtenir sa licence, mais il ne les redoutait pas, en dix ans Max lui avait tout appris. Pourtant il pilotait avec nervosité, il se sentait crispé, inquiet même, car à travers ce don du ciel il entrevoyait le départ définitif de son patron, de Max, qu'il n'aurait jamais appelé autrement que le patron, mais qui faisait tellement corps avec lui à travers cette machine qui leur était commune, qu'il n'aurait pas osé lui dire : « Tu es mon ami. » Pour Tom, Max était et restait le chef, et il avait pour lui l'affection d'un chien pour son maître. Max devina sa nervosité :

— Détends-toi, Tom, tu pilotes comme au premier décollage, laisse les commandes réagir. Tu le sais bien, ce taxi se conduit avec deux doigts.

— Bien sûr, Max, mais tu ne peux pas comprendre, je... je suis...

— Tu es ému, je le sais, bon. maintenant c'est fini, je te permets toutes les fantaisies.

Dès le départ, Max avait changé de cap, et comme Tom s'étonnait, il avait cru bon d'expliquer.

— T'inquiète pas, on remonte au N.-O.

— Pour aller au sud ! Enfin c'est toi qui décides !

— Je surveille l'essence, ne te bile pas, il y a des paysages que je voudrais revoir...

Il n'acheva pas. « Max fait sa tournée d'adieu », songea Tom, et il se pencha sur le tableau de bord pour que son ami ne vît pas son émotion.

— Commande, Max, je te mène où tu veux, on a trois heures d'autonomie.

— On va remonter jusqu'à Rae, j'ai un petit faible pour ce coin encore plus perdu et plus dur que Snow-drift, puis on redescendra vers le sud, avec un crochet par Providence...

Bientôt Rae apparut.

C'était, comme Snowdrift, un petit village indien perdu au nord-ouest de Yellowknife, au fond d'un fjord du grand lac, et longtemps Max en avait assuré le ravitaillement. Les huttes indiennes fumaient doucement sur une presqu'île rocheuse, entourée par la brillance des multiples plans d'eau ; alentour la forêt était naine, la tree-line très proche, le paysage plus sévère qu'à Snowdrift. Ils firent des passages en rase-mottes au-dessus du village, assez bas pour apercevoir les gosses qui

144

couraient dans la neige, les attelages qui tiraient les traînes sur les lacs gelés, puis Max commanda :

— Passe à trois mille pieds, file sur Providence.

Fort-Providence s'étendait au débouché du lac des Esclaves, là où pour la première fois le gigantesque Mackenzie, après s'être appelé la Peace River puis la Slave River, prend son nom véritable qu'il va conserver jusqu'au delta d'Aklavik, sur l'océan glacial et la mer de Beaufort. Le fleuve apparaissait tel un gigantesque serpent d'argent, sinuant vers le nord, dans l'éternel paysage de plaines forestières et de lacs gelés ; par endroits l'embâcle n'était pas encore commencée et dans les rapides ses eaux tumultueuses lançaient des reflets mouvants qui contrastaient avec la froide réfraction des banquises.

Une heure plus tard, ils décrivirent un large virage au-dessus des bâtiments du poste. Déjà on pouvait apercevoir la piste des traîneaux et des « snowbiles », qui traversait le fleuve à l'endroit où, l'été, un bac assure le passage. Dans une anse de la rivière, des barges tirées au sec et déjà recouvertes de neige attendaient le jour encore lointain où, brisant l'étau des glaces, les eaux rugiraient à nouveau comme des fauves en liberté.

Au sud, le soleil se traînait sur l'horizon. Il était 13 heures ; dans une heure, la nuit polaire recouvrirait à nouveau le paysage, mais les caprices des vents dégageaient le ciel vers l'ouest et on pouvait voir au loin, à quelque deux cents miles, apparaître la crête argentée et régulière d'une chaîne de montagnes, le premier ressaut des montagnes Rocheuses de l'Arctique, les montagnes sans hommes, le pays le plus vide de la terre. Un instant, Max eut l'idée de piquer vers ces montagnes qui l'attiraient comme un aimant ; dans ce vide quasi absolu des territoires du Nord-Ouest, elles témoignaient encore des

145

espaces où l'homme ne pénétrait pas, où les Indiens ne vivaient pas. Il fut tenté d'approfondir leur mystère, mais aujourd'hui c'eût été folie, c'eût été courir le risque de se faire prendre au piège et d'hiverner, car, Max le savait, l'accalmie serait brève. Il consulta le tableau de bord, ils n'avaient plus qu'une heure d'essence, juste ce qu'il fallait pour atteindre Fort-Smith. Il devait renoncer.

Il pointa sa position sur la carte, vérifia son radio-gonio :

— Cap à 16 heures, Tom, on file sur Fort-Smith.

— On reviendra, dit Tom.

L'avion s'inclina sur l'aile, les montagnes mystérieuses disparurent, happées par un banc de brume et il n'y eut plus sous eux vers l'est que le grand lac des Esclaves élargissant son plan d'eau jusqu'à perte d'horizon, véritable mer intérieure, presque entièrement gelée, tranchée en son milieu par une presqu'île plate et boisée. Un peu plus tard ils survolaient Hay River.

— Plein sud, dit Max.

Le grand lac avait disparu et brusquement le paysage changea.

Certes il y avait toujours autant de lacs, lovés dans la forêt, mais celle-ci devenait plus serrée, les spruces atteignaient désormais une grande hauteur. On était loin des étendues sauvages du lac des Esclaves, couvertes d'épinettes rabougries. L'avion survolait maintenant à basse altitude une steppe marécageuse et glacée où alternaient lacs gelés, prairies rases et hautes futaies de peupliers, puis apparut à nouveau un grand fleuve miroitant : il coulait entre les berges escarpées et avait creusé son lit dans des alluvions friables, où les crues par endroits avaient déraciné des pans entiers de forêt.

146

— La Slave River, dit Max, on approche de Fort-Smith.

Il n'avait plus qu'à voler à faible altitude sur la grande rivière, car le plafond des nuages s'était abaissé jusqu'au ras des cimes des arbres, obligeant les aviateurs à voler « en dessous de la forêt », dans cette tranchée sinueuse et large du fleuve qui les guidait infaillible-ment.

— Tu devrais prendre le manche, dit Tom, j'ai peur de faire une connerie...

— Débrouille-toi ! C'est ton zinc après tout, vole au ras des eaux, les falaises d'argile nous préservent des sautes de vent.

— Ça fait une curieuse impression de voler plus bas que le pays environnant.

En effet, la crête des falaises qui bordaient le fleuve les surplombait légèrement et comme cette crête elle-même était couronnée de hautes futaies de spruces, ils avaient réellement l'impression de voler au « sous-sol », comme disait Tom.

— On arrive, dit Max, qui connaissait la rivière par cœur. A la prochaine boucle, élève-toi au ras des nuages, passe sur les arbres, le terrain est juste derrière.

— Tu marches au pifomètre !

— Pour le moment, c'est encore ce qui se fait de mieux.

Tom obéit aveuglément, encore qu'il lui parût hasar-deux de se faufiler dans un étroit couloir sous le plafond de brumes qui semblait soutenu par les cimes des arbres.

— Accroche-toi, Max, je saute ! dit-il.

C'était, en effet, un véritable saut d'obstacle que le petit avion devait effectuer par-dessus la forêt ; mais, au delà, Tom aperçut avec soulagement la longue clairière enneigée qui servait de piste d'atterrissage. Il s'y posa facilement et laissa glisser doucement l'avion jusqu'aux bâtiments préfabriqués qui abritaient les services de cet aéroport de fortune.

Il y avait là une hutte servant de logement aux pilotes de passage qui ne désiraient pas profiter du petit hôtel installé dans l'agglomération, à cinq ou six miles de là.

— Je reste ici, dit Max.

— Tu ne veux pas faire tes adieux aux autorités ?

— Non, je n'ai pas envie de reparler de tout ça, je leur écrirai un mot plus tard, et puis ça n'a plus d'importance. Tu iras en ville, tu ramèneras quelques provisions pour le souper, et tu porteras à la mission le paquet de lettres que m'a remis le père Keredec pour les enfants indiens du collège Grandin. Tu m'excuseras auprès du supérieur...

— D'accord, mais on va d'abord faire le plein, vérifier le zinc pour être prêts au départ, puis recouvrir le moteur, les nuits sont très froides déjà.

— Dis-moi, Max, dit Tom, tandis qu'ils procédaient à ces vérifications, il me semble que nous n'avons pas pris la ligne directe pour venir jusqu'ici, et un peu plus je me demandais si tu n'avais pas l'intention de filer plein ouest, jusqu'à Simpson...

— Peut-être, Tom... Tu as vu ces montagnes à l'horizon, on dit tant de choses sur elles, sur ce qui s'est passé au début du siècle, car derrière cette chaîne se trouve le mystérieux Klondyke, l'or...

— On pourra aller voir ça un jour, dit Tom, heureux à l'idée que tout n'était peut-être pas fini de leur association.

— Peut-être, dit pensivement Max...

— Bon, je vais en ville, le pompiste m'emmène dans sa Land-Rover. A tout à l'heure.

Max alluma le poêle et bientôt une douce chaleur

régna dans la pièce; puis il transporta, de l'avion jusqu'à la cabane, son sac de couchage, celui de Tom, vérifia une dernière fois les amarres de l'appareil et alla s'étendre sur l'une des quatre couchettes de la pièce.

La haute muraille de la forêt résorbait tous les bruits et aucun souffle de vent ne parvenait jusque-là. Tout était propice à la méditation et, dans cette solitude, Max sentait s'apaiser ses tourments intérieurs; ses pensées étaient bercées par le ronronnement du poêle, et il restait volontairement dans l'obscurité à peine tempérée par les reflets fugitifs de la flamme tamisée par le voyant de mica. Plusieurs heures s'écoulèrent ainsi, puis Max entendit le bruit de la voiture qui ramenait Tom et celui-ci entra, secouant ses bottes et son lourd parka chargé de givre.

— Ça neige dur au village, mais la météo est bonne : demain, éclaircies suffisantes pour que nous puissions gagner Edmonton par Fort-Chipewyan et l'Athabasca. Tiens ! Le père Noiret t'envoie ceci.

Il lui tendait un sac de plastique rempli de pâtisseries et une lettre. Max, assis sur le rebord de la couchette, l'ouvrit...

— Tu peux faire de la lumière, dit Tom, pour lire, c'est mieux.

« Pourquoi n'êtes-vous pas venu nous voir, Max, écrivait le père Noiret, nous ne vous aurions donné que notre amitié et rien demandé en échange. Nous espérons tous ici que vous reviendrez un jour parmi nous, nos prières vous accompagnent comme celles que nous disons pour Rosa, notre brillante petite élève, votre femme affectionnée. »

— On croûte, fit Max avec brusquerie.

— Tout de suite, le temps de réchauffer les spaghetti, dit Tom qui n'était pas dupe.

Quand Max était brutal, c'est qu'il dissimulait son trouble, sa peine...

La nuit qui les enveloppait serait interminable et ils ne pourraient pas s'envoler avant le jour. Max se reprocha d'avoir contraint Tom à partager son exil volontaire, le mécanicien comptait beaucoup d'amis à Fort-Smith, l'atmosphère du petit hôtel était sympathique, on y buvait ferme, on y mangeait bien...

— Tu sais, Tom, si tu veux retourner en ville, ne te gêne pas, quartier libre jusqu'à demain matin 9 heures...

— Je reste, merci, Max, je suis un peu las moi aussi, un peu de repos me fera du bien.

Ils se renvoyaient la balle de l'amitié et chacun pensait ce qu'il n'osait dire à l'autre. En fait, cette soirée, ils préféraient la passer ensemble, dans le silence absolu de la grande forêt. Plus personne ne viendrait les déranger jusqu'au lendemain, le pompiste était reparti, aucun avion ne se poserait de nuit sur ce terrain exigu.

Ils veillèrent très tard, assis autour du poêle, fumant leur pipe, n'échangeant que de rares paroles. L'un d'eux parfois rompait le silence pour une banale question technique :

— Tu as vérifié les amarres ?

— Tendues à bloc.

— Combien as-tu mis de litres ?

— Cent vingt litres, avec le réservoir supplémentaire, plus un bidon d'huile de rechange...

— On a tout pris ? La carabine, les cartouches, la tente isothermique, les provisions de secours ?

— Tout est paré, Max, mais aurais-tu l'intention de faire un raid ?

— Tu sais, qu'on se pose à cent kilomètres d'ici ou au

150

Pôle, c'est pareil ! Faut pas s'attendre à être retrouvé de sitôt.

— Laisse tomber, Max, le moulin tourne comme une horloge.

Cela lui faisait du bien de sentir la franche camaraderie de Tom, son optimisme ; c'était comme autrefois, ce voyage ne faisait que continuer les vols précédents, et ce soir, il n'était plus qu'un pilote de brousse avec son mécanicien, en escale quelque part dans les Northwestern Territories.

Tom dormait depuis longtemps déjà lorsque Max s'assoupit.

Ils furent réveillés par l'arrivée de la Land-Rover du pompiste et se préparèrent instantanément au départ.

Tom rangea quelques paquets dans la soute à bagages, qui n'était qu'un espace dépourvu de sièges derrière les fauteuils du cockpit, et ce faisant déplaça le volumineux paquet que lui avait donné Max.

— Dis donc, ça en tient de la place, ton fourbi...

— Laisse, dit Max brièvement, j'y tiens ! Si je te disais ce que c'est, tu te foutrais de moi.

Tom n'insista pas.

— Ça te regarde, dit-il, c'est pas fragile au moins, je suis obligé de poser la caisse des vivres de réserve dessus...

— Vas-y, ça ne craint rien ! On est prêts ?

— Tu mets en marche le réchauffeur.

Le moteur de l'avion était recouvert d'une grosse housse de toile qui le préservait entièrement et qui était reliée par un gros tube flexible à un générateur d'air chaud. Tom mit en marche ce dernier, et attendit les minutes réglementaires pour que le moteur, dégelé, fût prêt à démarrer sans dommage. Quand la température d'huile normale fut atteinte, Tom découvrit le moteur, et

Max le fit démarrer. Il toussota quelque peu, puis prit son régime normal. Ils laissèrent le moteur chauffer pendant une vingtaine de minutes ; ils pouvaient partir.

— Je pilote jusqu'à Chipewyan, dit Max, ensuite tu prendras le manche.

Il décolla facilement. Le jour venait de poindre, le temps était clair, avec quelques rafales de vent qui chassaient des tourbillons de neige sur la glace de la Slave River. Mais au lieu de filer plein sud, Max piqua sur le fleuve qu'il remonta en rase-mottes, se faufilant avec volupté dans les gorges, et comme Tom lui jetait un coup d'œil interrogatif :

— On va voir les Falls, dit-il.

Les chutes apparurent bientôt. C'était un long rapide où les eaux de la Slave River déferlaient avec une puissance terrifiante. Malgré la très basse température, le fleuve n'était pas entièrement pris par les glaces, les eaux bouillonnaient, une vapeur opaque fumait au-dessus des chutes, puis retombait sur les roches polies et se condensait au pied des chutes formant d'extraordinaires excroissances glacées. Ensuite, brusquement, les eaux se calmaient, la banquise se formait, et la Slave River n'était plus qu'une longue et sinueuse bande de glace figée entre deux falaises crêtées d'arbres gigantesques.

La vision des Falls avait réveillé Max de sa torpeur, et Tom nota avec satisfaction qu'il n'avait rien perdu de ses grandes qualités de pilote.

— Maintenant, Tom, allons voir les buffalos.

Ils survolaient le Wood Buffalo National Park, qui s'étend du nord au sud le long de la Slave River, entre le lac des Esclaves et le lac Athabasca. C'est une grande plaine, marécageuse l'été, dont les vastes clairières en partie inondées accueillent de nombreux bisons. On en compte environ quinze mille sur cet immense territoire.

Les retrouver ne présentait aucune difficulté. Ils avaient laissé de profondes frayées dans la couche de neige poudreuse.

— Les voilà, dit Tom, excité à l'extrême.

Max vira sur l'aile.

Sous eux, une trentaine de monstres fouillaient la neige d'une clairière. Il piqua sur la harde, qui réagit violemment. Un mâle énorme ordonna la fuite. Il traçait, en bonds larges et lourds, un sillon dans la neige profonde. Derrière, les bêtes adultes, formées en triangle, protégeaient les plus jeunes qui galopaient à l'intérieur de cette flèche, épaule contre épaule, portés, soutenus par les vieux animaux. C'était une vision extraordinaire. Max se crut revenu aux premiers âges de la terre. Il reprit de la hauteur pour mieux voir le spectacle ; les animaux avaient gagné la lisière d'un fourré, y pénétraient en fracassant les branches et les jeunes arbres, puis s'arrêtaient, et on les devinait haletants, terrorisés par cet oiseau gigantesque qui planait sur eux dans un grondement de tonnerre.

— Laissons-les reprendre leur souffle, dit Max.

Il survola ainsi la forêt, allant au hasard d'une clairière à l'autre, levant des hardes, prenant de la hauteur pour ne pas les obliger à fuir dans la panique. Puis vint un espace dénudé où rien, semblait-il, ne se passait. Ce fut Tom qui les vit le premier :

— Les loups ! cria-t-il.

— Vu ! On pique dessus.

Une meute de loups dévoraient le cadavre d'un bison. Sur l'énorme carcasse, le chef de la meute, museau dressé vers l'avion, hurlait à la mort mais ne quittait pas son poste, alors que les autres se dispersaient en longues foulées souples et peu rapides. Seul le vieux loup gris, menaçant, tenait tête à l'oiseau inconnu qui par jeu piquait sur lui sans parvenir à lui faire lâcher sa proie.

— Laissons-le, dit Max, honneur au courage.

— La jauge d'essence est très basse. Coupe au plus court, dit Tom.

Comme ils avaient tourné en rond, il leur fallut un bon moment pour se repérer dans le paysage uniforme, mais ils retrouvèrent enfin le sillon d'argent du fleuve, qui leur donna la bonne direction. Ils firent ce jour-là une escale technique à Fort-Chipewyan. Un bâtiment administratif, quelques huttes indiennes, un comptoir de la Baie d'Hudson composaient tout le village, et dans cette grande solitude, ils ne furent pas importunés.

12

Fort-Chipewyan est un site étrange, mi-lacustre, mi-forestier, qu'on dirait bâti sur pilotis le long du déversoir du grand lac Athabasca.

C'est un lieu de départ idéal pour la chasse aux bisons, aux élans, et pour la trappe des bêtes à fourrure. Ce comptoir de la Hudson Bay est l'un des plus importants des territoires du Nord et le troc y est roi, bien qu'il ait perdu de son prestige depuis la découverte des mines d'uranium de la rive nord-est du lac. Découverte qui a provoqué un afflux de travailleurs étrangers, considérés avec dédain par les nomades de la forêt.

La soirée des aviateurs se passa de façon très calme dans le bâtiment de la Forestry, mis à leur disposition par le M.P. de l'endroit. Leur hutte de rondins les isolait du reste du monde, constituait pour eux une solitude à l'intérieur de toutes ces solitudes. Ils avaient accompli les tâches habituelles : pour Tom, vérification de la mécanique, plein des réservoirs, bâchage du moteur du petit avion solidement haubanné par des cordes et des contrepoids ; Max avait allumé le feu, puis préparé le repas — gestes simples qu'il allait falloir oublier. Ils avaient mangé en silence. Tom, pour faire diversion à leur tristesse, évoquait avec exaltation le merveilleux survol

155

de la forêt qu'il venaient d'accomplir et qui leur laissait comme une vision de préhistoire, avec le spectacle de ces énormes bisons galopant dans la neige des marécages, mais visiblement Max ne tenait pas à parler. Tom, résigné, s'était étendu sur sa couchette, avait allumé sa pipe, et pour tous deux le temps avait passé, bercé par le ronronnement du poêle. Puis Max avait jeté un dernier regard par les vitres givrées et, rassuré, avait rejoint son lit.

— Demain, il fera beau. Bonne nuit, vieux !

— Tu peux éteindre, je dors, avait dit Tom.

Max, désormais seul avec ses pensées, pouvait revivre les jours écoulés.

Demain il serait trop tard ! Demain, il pénétrerait dans un autre monde, dans un univers qui n'était plus le sien ; deux heures suffiraient pour survoler les prairies, atteindre les premiers damiers cultivés, les villes champignons et tout serait fini. Ce soir, il était encore temps. La forêt qu'il aimait l'entourait de toutes parts, il ne tenait qu'à lui d'y rester, son départ n'était-il pas une fuite, une trahison ! Il sombrait dans une demi-somnolence, bercé par les rumeurs nocturnes de la forêt arctique. Avait-il survolé pour la dernière fois ces lieux qu'il aimait ? Les fleuves gigantesques, coupés de rapides sauvages, les lacs grands comme des mers intérieures, les fourrés où galopent les bisons ! Il ne l'avait pas dit à Tom, mais ce qu'il était venu chercher dans la grande réserve, c'était le souvenir le plus exaltant de sa vie avec Rosa. Une période où délaissant son métier d'aviateur il était devenu trappeur par amour, et aussi par goût.

Un jour, c'était dans les premiers temps de leur mariage, ils s'étaient aventurés dans la réserve. Max l'accompagnait, mais seule Rosa possédait le droit de chasse permanent accordé aux Indiens ; elle avait manifesté l'envie d'ajouter une proie plus importante aux orignaux ou aux caribous qui constituaient l'ordinaire de ses chasses. Un jour de février, ils avaient attelé les chiens : Silver, le magnifique husky, qui était alors chien de tête, et Fox au pelage couleur de rouille, le prétendant au titre ; Daisy, Golden, Copper, Whity et Snowy complétaient la traîne. Old Nick, un puissant croisé de chien indien et de loup, trop âgé pour traîner, participait à la chasse en invité libre. Il trottait à droite et à gauche de la traîne, disparaissait dans les fourrés, revenait vers l'équipage, aboyait dans les passages difficiles, véritable mouche du coche, que devaient envier les chiens prisonniers des harnais de l'attelage. Le froid était cruel : — 45°, et la neige crissait sous les patins, mais ils avaient revêtu leur double parka en peau de caribou et ils n'en souffraient pas trop. Pour Max, c'était l'un des premiers grands raids qu'il accomplissait en traîneau à chiens ; bien qu'il eût traversé plusieurs fois le grand lac des Esclaves pour gagner les territoires de chasse et les trap-lines de la tribu vers le nord, c'était la première fois qu'il se dirigeait vers le sud et s'éloignait vraiment des lieux connus.

Un jour, comme ils rangeaient et aménageaient leur hutte de Snowdrift, elle lui avait dit :

— Ce qui nous manque, Max, c'est une peau de bison.

Il avait paru surpris et amusé :

— Qu'attends-tu pour en ramener une ?

— Que tu sois mieux entraîné au froid. Car le voyage sera long !

— Je croyais que les bisons étaient protégés !

— Des Blancs, oui ! Nous, nous avons le droit de les tirer en dehors de la réserve... Tuktu, jadis, s'y rendait

157

souvent. Depuis, il devient vieux et paresseux, mais il m'a indiqué la route.

Max s'était enthousiasmé pour cette idée, et il avait soigneusement préparé le voyage, car Rosa, en bonne Indienne, mettait quelque négligence dans ses préparatifs. Il avait calé dans le fond de la traîne qui, avec ses flancs de toile et sa proue recourbée, ressemblait à une embarcation, une tente en toile de bâche, et glissé vers l'avant le stove, le poêle indispensable ; il avait réparti le sac de farine pour fabriquer le banek, les rations de café, de sucre, de lait condensé, une importante quantité de viande séchée, les peaux de caribou pour le couchage, les armes, les munitions, les haches. Et ils avaient quitté Snowdrift lourdement chargés, s'enfonçant droit au sud après avoir longé la rive sud du lac des Esclaves sur près de soixante miles, se faufilant dans les détroits à travers l'archipel serré des îles littorales, campant dans des criques abritées du vent ; ils avaient atteint ainsi la Taltson River qui coule du sud au nord, parallèlement à la Slave River.

Pour ménager l'attelage, l'un d'eux marchait en raquettes dans le sillage de la traîne qu'ils dirigeaient à tour de rôle, Rosa avec une autorité souveraine sur les chiens, Max ayant parfois du mal à se faire obéir de Silver, cabochard et entêté, mais qui commandait la meute avec férocité et désinvolture ; que Silver vienne à s'arrêter et tous les autres chiens l'imitaient et le chef restait immobile, assis sur son train de derrière, hurlant à la mort, insensible aux coups de fouet de Max. Rosa corrigeait avec beaucoup plus d'énergie ! Max s'en souvint. Puis Silver décidait de partir, et sans prévenir, répondant à son jappement bref, les huit chiens déhalaient la traîne, et Max, agrippé aux poignées des brancards, avait juste le temps de sauter sur la plate-forme arrière d'où il pouvait surveiller l'ensemble et diriger les bêtes par des appels brefs.

Rosa suivait facilement le trot des chiens. Elle utilisait à merveille ses raquettes, et courait en longues foulées souples qui lui permettaient d'abattre avec aisance trente à quarante miles en douze heures.

Les raquettes ! L'apprentissage avait été long, et cela avait surpris Max qui dans sa jeunesse dauphinoise avait été un bon skieur. Il avait longtemps pesté contre la précarité des attaches, seul le bout du mocassin étant fixé sur le centre de la raquette, ce qui laissait le pied entièrement libre et comme flottant. Combien de fois ne s'était-il pas étalé de tout son long, dans un excès de zèle qui lui avait fait oublier que les raquettes ne sont pas des skis et n'ont pas la même surface de glissement ? Mais il s'était vite convaincu que des skis seraient inutilisables en forêt où la neige poudreuse et instable ne « porte pas », où les arbres abattus, les fondrières sont autant de pièges.

Le raquettiste, lui, ne les redoute pas car il peut retirer verticalement, sans déchausser, une raquette prise dans un amas de branches. Autre avantage, la raquette ne nécessite pas l'usage de cannes et laisse les bras libres pour tenir la carabine.

Quand l'un d'eux en avait assez de courir, il remplaçait l'autre à la conduite de la traîne ; parfois ils unissaient leurs forces pour soulager les chiens dans les courtes montées succédant à la traversée d'un ravin, ou pour escalader une roche polie et moutonnée.

Les jours passaient sans qu'ils s'en rendent compte. C'est à peine s'ils disposaient d'une heure de demi-clarté, vers le milieu du jour, mais la nuit n'était pas sombre, et ils évoluaient dans une lueur étrange et laiteuse venue des étoiles, des clairs de lune ou des aurores boréales.

Le campement du soir prenait beaucoup de temps. Chacun avait sa tâche : Rosa attachait les chiens séparément pour prévenir les batailles ; seul Old Nick, le favori, était laissé en liberté. Il se couchait devant le panneau d'entrée de la tente ; sentinelle vigilante, il les réveillait parfois en plein sommeil par ses grondements sourds. Alors, Rosa se dressait un instant sur sa couche de fourrure, tendait l'oreille, puis se lovait à nouveau dans les bras de son mari, le rassurant d'une phrase, d'un mot : un loup qui passe ! un élan en quête de nourriture...

Max coupait des épinettes, les ébranchait, les disposait en couche épaisse sur la neige battue, puis, sur ce tapis végétal, il étendait des peaux de caribou ; à lui la charge de tailler les piquets de tente, de haubanner les toiles, d'installer à l'intérieur de la tente le poêle fabriqué avec un vieux bidon d'essence et reposant sur quatre bûches de bois bien équilibrées. Ensuite, il colmatait les interstices, amassait de la neige sur les rebords extérieurs de la tente et disposait leur sac de-couchage (un chaud bedding-let, acheté aux stocks à la fin de la guerre). Après avoir nourri les chiens, Rosa allumait le feu et cuisinait le banek dans la poêle à frire.

Ces travaux quotidiens accomplis, ils avaient toute la nuit pour eux, une nuit sans fin, éternelle. Ils pouvaient dormir ou s'aimer à satiété jusqu'à ce qu'ils décident de repartir pour une nouvelle étape.

Ils avaient très peu chassé au cours de ce voyage. Rosa avait posé des trappes un peu partout aux endroits favorables, qu'elle se proposait de relever au retour. Ils avaient suffisamment de viande séchée pour se nourrir, et l'Indienne tenait à arriver le plus tôt possible sur les terrains de parcours des bisons. Max devina qu'ils en étaient proches aux changements du paysage ; les lacs disparurent, la taïga de courtes épinettes céda la place à une puissante futaie de hauts spruces et de pins, dans la forêt, de nombreuses clairières s'ouvrirent qui, l'été, devaient être des marécages.

Enfin ils découvrirent les premières traces : une harde avait traversé la Slave River gelée et s'était établie entre la Taltson et le fleuve, en dehors du territoire de la réserve. Rosa pouvait chasser en toute tranquillité. Ils décidèrent de camper et de rayonner en raquettes à partir de là. Aussi prirent-ils grand soin de dresser un campement confortable. Ils entourèrent la tente d'une palissade qui les protégeait des vents et cela leur permit de cuisiner dehors et de débarrasser un peu celle-ci, encombrée par le matériel et les réserves.

Alors commença la chasse proprement dite, une poursuite grisante qui dura plusieurs jours. Ils passèrent le premier à retrouver la harde ; elle accomplissait journellement un assez long parcours, mais tournait en cercle et finalement se retrouvait à son point de départ, si bien qu'ils la chassaient devant eux sans grand espoir de la forcer de vitesse et sans jamais l'apercevoir. Rosa se souvint des enseignements de Tuktu et mit au point une méthode de chasse ; elle connaissait le territoire parcouru par la harde et elle avait relevé les clairières où les bisons se rassemblaient pour ruminer, en général des endroits découverts d'où ils pouvaient surveiller les alentours. En ces lieux de repos, la neige était piétinée et labourée jusqu'au sol ; le plus difficile pour les chasseurs serait de venir avec vent favorable, en coupant à travers la forêt sans donner l'éveil aux animaux. Le troisième jour, Rosa décréta que le lendemain serait le jour de l'action.

— Il y a quinze bêtes, dit-elle, plusieurs gros mâles de près de trois mille livres, des femelles et quelques jeunes animaux d'un an. On choisira le plus gros des mâles.

— Comment les as-tu dénombrés ? avait demandé Max.

— En lisant les traces, et je sais aussi comment ils se rendent d'une clairière à une autre. Si les loups ne les font pas partir, nous les rencontrerons demain.

Max lui aussi avait relevé les empreintes faites par les loups et cela ne laissait pas de l'inquiéter. Ceux-ci tournaient autour de la harde, à bonne distance, attendant qu'une jeune bête s'écartât du troupeau pour l'attaquer en meute, mais jusqu'à ce jour, il ne semblait pas que l'occasion se fût présentée.

Ces loups ! Intelligents, omniprésents dans la forêt, et qu'on ne rencontrait jamais ! Ils étaient les compagnons de leurs nuits, et Max savait qu'ils attendaient sagement, à courte distance du campement, mais hors de portée des carabines, que les hommes veuillent bien chasser, tuer et leur laisser les restes.

Le lendemain, ils avaient profité de la pleine lune pour partir très tôt ; les bisons seraient encore au pâturage et leur méfiance serait atténuée.

Nuit merveilleuse où ils avançaient lentement, accompagnés par le crissement de leurs raquettes sur la neige. Rosa marchait devant, prudente, l'oreille et l'œil aux aguets, scrutant la demi-obscurité, se dirigeant sans hésiter à travers les taillis, et lui suivant, le cœur battant, non pas d'angoisse, mais d'amour, car jamais Rosa ne lui avait paru si belle et si mystérieuse ; elle était pour lui, en cette nuit, la Diane chasseresse, il la suivait comme on suit une proie, attiré vers elle par un puissant magnétisme ; Rosa, parfois, se retournait, son visage était grave et mystique et, quand elle lui recommandait le silence, la prudence, il comprenait qu'elle accomplissait un rite remontant aux plus anciennes sources de l'intelligence humaine.

Le crissement de ses raquettes se fondait à celui du vent nocturne qui parfois s'exhalait en un souffle plus rauque, mais de Rosa on eût dit qu'elle ne touchait pas terre.

Ils allaient de clairière en clairière. A la lisière de la forêt, Rosa s'arrêtait et, dissimulée dans le taillis, observait longuement la plaine enneigée, où parfois pointaient les touffes de bouleaux nains ou de saules polaires. Si rien de suspect ne se manifestait, elle faisait signe à Max d'avancer et ils traversaient rapidement la clairière baignée de lueurs froides. Essoufflés par la longue marche, ils transpiraient dans leurs chaudes fourrures malgré les très basses températures de la nuit.

Ils cheminaient ainsi depuis plusieurs heures, lorsque Rosa étendit le bras pour marquer un temps d'arrêt. Dans le silence qui suivit, Max entendit un bruit de branches brisées, puis lui parvinrent des respirations violentes, des souffles, des raclements : les bisons étaient là ! Les chasseurs allaient déboucher des fourrés sur une nouvelle clairière ; Rosa, écartant avec précaution les branches, découvrit à quelques centaines de mètres la harde qui paissait le champ de neige ! Les monstrueux animaux grattaient le sol de leurs sabots, fouillaient du mufle pour découvrir, sous la neige, les herbes gelées et les chaumes. Ils étaient assez largement dispersés, mais un gros mâle se tenait en sentinelle, à quelques dizaines de mètres de la forêt, immobile, les naseaux fumants.

Les deux chasseurs ne communiquaient que par signes ; Max le savait, Rosa le lui avait appris, le bison est extrêmement méfiant. Il voit très mal, mais son ouïe et surtout son flair sont remarquables. Avaient-ils fait une imprudence ? Le vieux mâle semblait en éveil.

163

Cependant, chose curieuse, il ne tournait pas la tête vers eux, on eût dit qu'il scrutait à bonne distance, sur la lisière opposée de la forêt, un invisible ennemi.

Rosa se rapprocha de Max et lui murmura à l'oreille :

— Il y a un loup de l'autre côté, le taureau l'a senti ! Il faut faire vite et tirer avant qu'il ne donne l'alarme. Tâchons d'approcher.

Ils avançaient lentement en direction du vieux mâle, mais la harde confiante en son gardien continuait à paître paisiblement.

Ils n'étaient plus qu'à une centaine de mètres du taureau ; le vieux mâle frémissait, tournait sur place, dressait la tête.

— Il ne nous a pas sentis, il s'inquiète du loup. Le vent est favorable mais attention au bruit des raquettes. Tiens-toi prêt ! dit Rosa.

Max avait armé délicatement sa carabine.

Les secondes qui suivirent, Max les revivait dans la même exaltation qu'alors. Rosa s'était agenouillée, avait rejeté en arrière le capuchon du parka, épaulé sa 303, et fait signe à Max de surveiller l'énorme buffalo qui s'agitait de plus en plus.

— Tu doubleras mon tir si je ne l'arrête pas, dit encore Rosa.

Le vieux bison poussa un beuglement bref, puis bondit dans leur direction avec une légèreté incroyable pour son énorme masse et toute la harde le suivit se formant en triangle. Max avait crié :

— Ils viennent sur nous !

Mais son cri avait été étouffé par la double détonation de la carabine de Rosa. Elle avait visé juste et l'animal avait été touché. Il s'était agenouillé et relevé presque aussitôt ; il chargeait à nouveau, entraînant derrière lui le troupeau tout entier. Max avait tiré au jugé et doublé

164

son coup. La bête était restée sur place, mais un autre mâle avait pris la relève et la harde reformée fonçait sur eux.

— Derrière l'arbre, vite !

Rosa l'avait presque projeté contre le tronc d'un gros spruce, derrière lequel ils s'étaient plaqués, corps contre corps, haletants et effrayés. Pendant quelques secondes, cent tonnes compactes de poils, de chair, de cornes avaient défilé de part et d'autre de l'arbre à quelques centimètres des chasseurs, s'écartant et se reformant dans un tumulte apocalyptique. Max avait eu la curieuse sensation d'être emporté par cette masse mouvante qui s'enfonçait dans la forêt, écrasant tout sur son passage, poursuivant sa charge dans le fracas de branches brisées et le martèlement de centaines de sabots sur la neige gelée. Ce n'était plus le passage d'une harde, on eût dit un seul animal fabuleux, une hydre aux têtes multiples et couronnées de courtes et larges cornes, puis ce monstre de cauchemar disparut dans le mystère de la forêt qui sembla l'engloutir, comme une fleur carnivore se referme sur l'insecte pris au piège. Le silence se fit à nouveau si total, si soudain, que Max qui tenait Rosa serrée sur sa poitrine perçut les battements précipités de son cœur. Alors il avait osé la regarder et lui sourire.

— Ils sont passés, avait-elle dit, haletante, ils ne reviendront plus !

Max donna un coup de crosse amical sur le tronc du spruce qui les avait protégés :

— Une sacrée chance qu'il ait été là !

— Ils ne nous avaient pas sentis, dit Rosa avec fierté, et sans ces maudits loups, ils auraient fui dans l'autre direction !

La pensée des loups tout proches ramena leur esprit vers la bête abattue.

Ils ne distinguaient d'elle qu'une masse sombre sur la neige.

— Approchons doucement, avait dit Rosa, s'il n'est que blessé, il peut charger de plain-pied.

— Laisse-moi faire.

Max l'avait repoussée dans un geste de protection et il avançait vers le fauve, le doigt sur la détente, prêt à tirer. C'était inutile. Le vieux mâle était mort, les balles de Rosa lui avaient transpercé l'épaule mais sans toucher l'os, si bien que touché à mort, il aurait encore eu la force de les atteindre si l'un des coups tirés par Max ne lui avait fracassé l'épaule.

C'était une bête énorme, pesant près de deux tonnes et mesurant deux mètres cinquante au garrot; la tête par rapport à la masse paraissait petite, encore que les deux courtes cornes en forme d'olifant eussent près de quinze centimètres de diamètre à la base. Sous l'épaisse fourrure, noire sur les reins, bronzée sur les flancs, la bosse amoindrie par les privations de l'hiver était flasque, mais la bourre laineuse qui doublait l'épaisseur de la fourrure compensait l'amaigrissement du corps.

Ils étaient restés un long moment à écouter les bruits de la nuit. Rien ne venait rappeler que, quelques instants plus tôt, la harde monstrueuse chargeait dans la forêt, brisant tout sur son passage. Le ciel était très clair, les étoiles brillaient, innombrables, et ils avaient senti tout à coup les premières atteintes du froid. Qu'allaient-ils faire de cette proie énorme ? La peau seule suffirait à charger le traîneau, ils n'auraient pas le temps de boucaner la viande.

Rosa décida et Max admira son jugement :

— Tu vas rester ici pour garder la bête ! Les loups vont revenir et ils seront nombreux. Si on les laisse faire, quand on reviendra ils auront déchiqueté la peau ! Moi, je retourne au campement, je charge tout sur la traîne et je reviens te rejoindre, on campera sur place, le temps nécessaire.

— Pourras-tu faire cela toute seule ?

Elle l'avait regardé avec un sourire ironique :

— Sans te fâcher, Max, je crois que j'irai plus vite que toi.

Elle avait rechaussé ses raquettes, et elle s'enfonçait dans la forêt, dans la nuit, le laissant seul. Quand il n'entendit plus le bruit grinçant des raquettes sur la neige durcie, il prit conscience de sa situation. Rosa avait raison, les loups allaient venir. La première chose était de faire du feu, un grand brasier qui les tiendrait éloignés. Il se hâta de couper les épinettes et en fit un bûcher qu'il enflamma sans peine car le bois gelé, vidé de sa sève, brûlait instantanément. Les flammes s'élevèrent, éclairant d'un cercle de lumière la clairière où gisait le bison et, à la lueur des flammes, la fourrure longue et bourrue s'avivait de reflets fauves, changeants, qui donnaient une apparence de vie à la masse inerte, enfoncée dans la neige.

Max prépara des piquets de tente, ébrancha de jeunes spruces pour le tapis de sol de leur nouvel emplacement, enfin éleva contre le foyer un auvent de branches qui lui procura un asile de chaleur. Il ne lui restait plus qu'à attendre le retour de Rosa ; elle ne serait pas là avant une dizaine d'heures, il faudrait patienter.

Il se souvenait maintenant de cette attente comme d'une des sensations les plus étranges et les plus émouvantes de sa vie. Il était accroupi sur un lit de branches sèches, et il veillait, la carabine entre les genoux, les sens en éveil. Parfois une envie de dormir le prenait, contre laquelle il réagissait en se levant et en faisant quelques pas. Puis il revenait à son poste de guet, écoutait. Un silence total régnait plus inquiétant encore que les bruits et les cris qui d'ordinaire hantent la taïga. Il avait senti sourdre en lui une inquiétude inexplicable, non pas la peur, mais plutôt l'angoisse de l'inconnu, une angoisse qu'il s'efforçait de dissiper et qui ne fit que croître, jusqu'à ce qu'il en trouvât la cause : les loups entouraient le bivouac, et une sorte de pressentiment l'en avait averti ; il scruta la nuit rendue plus opaque par la clarté des flammes, enfin il découvrit ce qu'il cherchait. Assez loin du foyer, assis ou couchés dans la neige, ces formes noires et basses : les loups ! ces rangées de points brillants : les yeux des loups. Et leur présence immobile était plus impressionnante que leurs mouvements habituels ; comme il n'y avait pas de chiens, ils n'avaient pas hurlé durant leur approche, comme ils le font toujours aux abords des campements. On dirait alors qu'ils aiment provoquer leurs frères esclaves et se réjouissent d'entendre les meutes répondre à leurs appels. Mais les loups savent qu'autour du cadavre du bison il n'y a pas de chiens, mais un homme ; alors, ils se sont avancés, rampant avec précaution, entourant à distance l'homme et le bison protégés par les flammes. Et maintenant, Max le sait, ils se concertent, attendent le moment propice à l'attaque ; le feu seul les tient à l'écart. L'homme, ils sont en force pour l'attaquer, mais les sages de la meute les en ont dissuadés ! D'habitude, quand les hommes tuent un gibier, ils en laissent suffisamment aux loups, il faut attendre, mais attendre quand on jeûne depuis quinze jours, allez faire comprendre cela aux jeunes loups inexpérimentés ! Max devine qu'ils resserrent très lentement le cercle.

Le cadavre du bison est à l'extérieur du brasier, c'est une erreur, rien n'empêchera les loups d'approcher et de commencer leur festin. Entre eux et la proie qu'ils guettent, il faut allumer un nouveau feu. Max taille à grands coups de hache, amasse le bois et y jette un brandon allumé.

Comme il fut soulagé lorsqu'il vit le deuxième feu lancer ses flammes neuves et crépitantes ! Simultanément et en silence les formes noires reculaient à bonne distance, puis s'installaient pour une nouvelle veille que rien ne pourrait interrompre. Les loups peuvent guetter ainsi des jours durant, sans se lasser. Leur patience est à la mesure de leur résistance.

Alors Max était revenu s'accroupir sur son lit de branches, et avait repris le cours de ses pensées. Où donc était Rosa à cette heure, avait-elle fini le chargement du campement ? Il lui faudrait alors harnacher les chiens, les atteler, et ce n'était pas une mince affaire ! Puis conduire la traîne à travers les fourrés, les fondrières enneigées, les taillis touffus. Il admira son courage calme et tranquille. Elle savait tous les dangers de la forêt, mais elle pouvait se trouver à nouveau, sans le vouloir, devant une harde de bisons, et comme il y avait les chiens, les buffalos chargeraient droit sur eux, et peut-être aussi les loups, mais en ce cas les chiens avertiraient Rosa suffisamment à l'avance. Il ne fallait pas non plus sous-estimer le danger qu'elle courait de s'égarer, car la traîne ne pourrait suivre les traces qu'ils avaient laissées et sa route serait forcément plus longue. N'importe qui se perdrait dans cette brousse, sauf un Indien ! Combien de femmes seraient capables de mener une telle vie ! Rosa lui apparut alors dans toute sa puissance d'être libre, accordée à la nature sauvage. Il se reprocha ses alarmes et ses craintes ; s'il les racontait à Rosa, elle sourirait.

Il devait somnoler à demi lorsque les hurlements des chiens le réveillèrent. Ceux-ci, de loin, avaient senti les loups, et les loups leur répondaient par des hurlements lugubres. La forêt, soudain, perdit son silence et son mystère. Max perçut comme une voix amie le gai tintement des grelots du chien de tête, puis les appels rauques de Rosa, le claquement du fouet, enfin le bruit familier des patins du traîneau crissant sur la neige. Les chiens pénétrèrent au grand trot dans le cercle de lumière et s'affalèrent au pied de leur maître, laissant encore échapper de temps à autre, gueule entrouverte et langue pendante, des gémissements dont on ne savait, tant ils étaient modulés, s'ils exprimaient la crainte ou la joie. Rosa sauta de la plate-forme, fit claquer son fouet avec autorité, calma les chiens.

— Paix, Silver ! Paix, Nancy !

Ils étaient fourbus par leur longue course et avalaient de la neige à pleine gueule ; d'autres se léchaient les pattes, gercées par le froid.

— Tu as vu les loups ? interrogea Max.

— Les chiens les ont sentis de très loin, ils se sont affolés et j'ai eu du mal à les maintenir. Quant aux loups, nous avons croisé leurs traces il y a quelques instants, ils se sont simplement repliés. Maintenant que les chiens sont là, ils savent qu'ils n'ont plus qu'à attendre notre départ. Et toi, tu as bien travaillé ?

Elle jeta un coup d'œil inquisiteur : un abri, un emplacement de tente, des piquets.

— Bon, je vais remonter le campement...

— Cette fois, laisse-moi faire, dit Max, tu as assez travaillé.

Mais elle ne semblait pas plus fatiguée par sa course d'une dizaine d'heures et par le lourd travail effectué que si elle n'avait pas quitté sa cabane de Snowdrift...

— A deux, on va beaucoup plus vite, dit-elle pour toute réponse.

. Ils avaient dressé la tente, fait fondre de la neige, et maintenant ils allaient s'attaquer au plus difficile, dépecer l'énorme proie sans abîmer la peau. Le bison gisait sur le flanc et cela leur facilitait les choses car Max se demanda comment ils auraient pu retourner la bête. Rosa dirigeait la manœuvre. Ils avaient affûté leurs machettes et Rosa avait fendu la peau du ventre, de l'anus à la naissance du cou. Puis elle avait découpé la tête, tranchant les vertèbres à coups de hache. Le massacre gisait sur la neige et, maintenant qu'il était séparé du corps, il paraissait dans sa vraie dimension, gros comme deux têtes de bœufs du Charolais. Rosa savait dépouiller une proie avec la virtuosité que possèdent seuls les peuples chasseurs, mais Max en avait assez appris pour l'aider. Lorsqu'ils eurent écorché la moitié du corps, il fallut retourner la bête sur elle-même. Rosa attacha une corde à chaque extrémité des pattes, lança celles-ci sur une forte branche de spruce et, halant sur ce treuil improvisé, ils réussirent à retourner l'énorme proie. Après trois heures d'effort, la peau était enlevée, épaisse et pourtant souple. Ils la traînèrent sur la neige pour que gèlent les graisses et le sang qui adhéraient encore au cuir.

Puis Rosa découpa, près de la bosse, une tranche de viande, qu'elle fit griller à même le feu et qu'ils partagèrent. Enfin, saisissant la hache, elle découpa dans les parties charnues d'énormes morceaux de viande qu'elle jeta aux chiens, ce qui provoqua des hurlements de joie.

Alors d'autres hurlements s'élevèrent, mais de rage et de colère cette fois. Les loups sentaient de loin l'odeur de viande fraîche et de sang, et gémissaient à leur manière.

Rosa vérifia une dernière fois les chaînes des chiens. Elle craignait toujours que l'une des chiennes ne répondît à l'appel amoureux des loups, ou l'un des chiens au cri d'une louve en rut! C'est ainsi que trop souvent disparaissent les meilleurs chiens des Indiens. Bien rares sont ceux qui reviennent, après avoir goûté à la liberté. Max avait jeté de nouvelles branches sur les feux, il y aurait assez de braise pour tenir jusqu'à leur départ. Ils pouvaient enfin se reposer.

Le jour venait de naître, il était 11 heures du matin. Dans deux heures, la nuit tomberait à nouveau ; jusque-là les loups ne reviendraient pas, ni les bisons : il y avait sur cette clairière trop d'odeurs d'homme, de chien et de sang.

Ils se défirent de leurs lourds parkas et se glissèrent dans le même sac de couchage ; ils agissaient souvent ainsi, et chaque fois qu'il sentait se blottir contre le sien le corps souple de sa femme, Max ressentait un émoi charnel bouleversant ; mais, elle, déjà, s'était endormie, harassée de fatigue et il respecta son sommeil. Il se contenta de caresser son visage, sa poitrine, ses reins, et sous ses mains il sentait frémir la peau douce et veloutée. Il s'endormit à son tour.

Ce fut elle qui, trois heures plus tard, le réveilla. Elle était fraîche, reposée, et avait déjà rangé une partie du campement ; les feux s'éteignaient doucement, la masse sanguinolente du bison gisait sur le sol, poudrée d'une neige fine tombée durant la nuit.

Ils étaient revenus à Snowdrift en huit jours. Tous deux avaient marché la plupart du temps en raquettes, tant la peau de bison, toute fraîche, pesait sur la traîne.

Ils avaient retrouvé et suivi leurs traces de l'aller et ne s'étaient arrêtés que pour lever les prises des pièges qu'ils avaient alors posés. Le voyage avait été fructueux : outre la peau de bison, qui n'avait aucune valeur marchande mais qui allait devenir pour eux le symbole même de leur amour, ils rapportaient deux renards bleus, trois martres, et une dizaine d'écureuils gris.

Depuis, la peau de bison n'avait plus quitté la hutte de Snowdrift. Raclée, battue, assouplie, tannée avec de l'écorce de bouleau, elle était devenue souple et agréable au toucher. Ils n'avaient pas voulu d'autre couche et Max savait que rien désormais, plus rien, ne pourrait la remplacer.

Longtemps après leur départ, les loups s'étaient approchés avec méfiance et s'étaient arrêtés à courte distance de la charogne. Ils attendaient l'ordre du vieux loup gris : ce bison sans fourrure dissimulait-il un piège ? Il fallait agir avec prudence, mais le vieux loup gris vit s'avancer en bonds légers l'un des rois de la forêt, le lynx ricaneur et cruel. Le félidé s'était élancé des basses branches d'un spruce. Dès lors, il ne fallait plus attendre. Le vieux loup gris dressa le col et hurla avec force. A ce signal toute la meute se précipita au galop, cependant que le lynx, réfugié sur l'énorme cadavre, lançait force coups de griffes et miaulements de colère. Mais il était seul contre dix loups affamés : il bondit avec rage, toutes griffes dehors, et avec une telle violence que les loups s'écartèrent pour le laisser passer. Il se réfugia sur la branche la plus proche, et là, sournois, attendit son heure. Le vieux loup gris, assis en seigneur et maître sur le corps du bison, contemplait avec le dédain d'un roi les jeunes loups affamés qui déchiraient le ventre, sortaient les entrailles déjà froides, se barbouillaient de sang avec délices.

Max se réveilla. Tout s'était donc passé ainsi après leur départ. Puis il se souvint que ce jour même ils avaient survolé la forêt, et qu'ils avaient dispersé les loups sur le cadavre d'un bison, tous les loups sauf un seul qui, debout sur sa proie, hurlait avec rage en direction de l'avion.

13

Le tac-tac-tac du petit groupe à compresseur qui envoyait depuis vingt minutes l'air chaud dans la gaine recouvrant le moteur de l'avion s'arrêta brusquement. Tom défit la glissière qui maintenait les bâches, et l'appareil apparut plus svelte, sans cette sorte de trompe qui lui insufflait vie. Tom monta dans le cockpit, manipula ses cadrans et ses contacts, puis actionna le démarreur. A peine sollicité, le moteur se mit à tourner avec un vrombissement qui accentuait encore le silence habituel de ce terrain de fortune, installé dans une clairière de la forêt.

Max, un peu à l'écart, rêvait. Tête haute sous le capuchon du parka, insensible au givre de sa respiration qui se condensait sur les bords de fourrure et lui faisait une auréole d'argent, il s'imprégnait une dernière fois de tout ce qui constituait pour lui jusqu'ici l'essentiel : le vide humain de la région, les bêtes à fourrure, les fauves de la forêt, l'immense forêt elle-même et ses lacs, et jusqu'à ce froid sec et vivifiant qu'il avait appris à aimer. Dans deux heures au plus tard, tout serait achevé. Reviendrait-il un jour ? Déjà le doute s'infiltrait et avec lui une furieuse envie de remonter vers le nord. Mais le souvenir de Rosa lui revint, qui s'était un peu estompé au cours du voyage. Les heures qu'il venait de vivre étaient semblables à celles qu'ils avaient connues durant de longues années, alternant les missions solitaires et les retours à Snowdrift. Mais là-haut, sur les rives gelées du grand lac des Esclaves, il n'y avait plus qu'un tumulus de pierres rouges soudées par le froid. Non ! se dit-il, je ne suis pas encore prêt à affronter sur place ma nouvelle solitude. Keredec a raison, il faut partir.

Il écoutait maintenant le tumulte du moteur qui venait de briser sa rêverie. Le courant d'air glacial provoqué par l'hélice lui brûlait le visage. Tom était près de lui.

— Quand tu voudras, Max, on est parés.

— Allons-y, Tom, tu reprends les commandes.

De Fort-Chipewyan ils mirent le cap plein sud, laissant à l'ouest la Peace River qui venait des Rocheuses ; un peu plus tard ils survolaient McMurray, l'un des premiers postes construits lors de la grande marche vers l'Ouest, puis brutalement, avec la même netteté qui séparait les Barren Lands de la grande forêt, celle-ci cessa pour faire place aux prairies, aux immenses prairies des provinces du centre, plaine grandiose et monotone, blanche jusqu'à l'infini en cette matinée d'hiver, mais où bientôt se dessinèrent les lots rectangulaires de la colonisation, alignés de part et d'autre des pistes.

Ils éprouvaient une curieuse sensation qu'ils avaient du mal à analyser, puis brusquement ce fut Tom qui réagit :

— Bon Dieu ! Max, le soleil ! Il fait grand jour, et il n'est que 7 heures du matin !

Ils venaient de quitter le pays de l'hiver sans soleil, le pays de la nuit phosphorescente, et par le miracle de

176

l'avion, ils voyaient à nouveau se lever le soleil, là-bas vers l'est, sur les grandes plaines enneigées. Il apparaissait comme un énorme disque rouge au sud de l'horizon et s'élevait lentement et majestueusement, franchissant des nappes de cirrhus. A l'ouest apparut alors, dans le soleil levant, la majestueuse chaîne des Rocheuses, rutilante de ses glaciers et de ses falaises, barrière de géants tracée aux confins du monde, longue de quatre mille kilomètres, et allant se perdre aux limites de l'océan Glacial Arctique. Pour Max, tout à coup, ce fut comme s'il revoyait, deux mille kilomètres plus au nord, les mystérieuses montagnes entr'aperçues dans la pâle et courte lumière du Grand Nord. A nouveau il sentit un irrésistible élan le porter vers ces sommets inconnus qu'il savait inhabités, et sa vérité, son avenir, lui apparurent. S'il revenait un jour en ces pays, c'est vers ces montagnes qu'il se dirigerait pour y vivre seul. Il murmurait le mot indien que les Slaves ne prononcent qu'avec un respect mêlé de crainte : « Nahanni, le pays sans hommes. » Il lui faudrait ces solitudes.

— Tu rêves, Max ?

— Peut-être...

— Alors reprends les commandes, dit Tom, on est en plein pays civilisé et j'ai déjà croisé deux zincs qui volaient sous nos ailes, charge-toi de l'atterrissage, moi je fais des compleses.

— Ça te passera vite. Ici c'est facile de se repérer. Tu vois ce fleuve ? C'est la North Saskatchevan, tu la suis en coupant les méandres et elle te conduit tout droit à Edmonton.

Il avait repris les commandes, il actionna la profondeur et le petit avion piqua sur la vaste cité plaquée au-dessus des falaises du fleuve dans une grande boucle où s'entassaient les gratte-ciel, entre des avenues cou-

177

pées au cordeau. Il contourna ces tours de Babel en ronchonnant :

— On n'a pas idée d'installer un aéroport en plein cœur d'une ville de quatre cent mille habitants !

L'aéroport industriel occupe en effet un vaste triangle de terrain libre entre divers quartiers d'Edmonton. Primitivement situé à la lisière de l'ancienne ville, il est maintenant complètement cerné par l'agglomération, un peu comme si Le Bourget se trouvait dans les jardins du Luxembourg. Son activité porte la marque de l'Ouest canadien. Les prairies sont par excellence le pays de l'aviation privée, et la plupart des pionniers ou fermiers de l'Alberta possèdent un avion pour leurs déplacements.

Des dizaines d'avions privés étaient alignés au parking et d'autres bourdonnaient autour des lourds quadrimoteurs des lignes transcanadiennes. Max se posa sans histoire.

Il y avait un avion pour Montréal quelques heures plus tard. Max décida de le prendre.

Maintenant qu'il était dans le Sud, il ne désirait plus qu'une chose : quitter au plus vite le Canada. Il emportait toute fraîche la vision radieuse de ces trois derniers jours passés à survoler la forêt arctique. C'était bien ; ainsi aucun autre souvenir ne pourrait se superposer à la vision angoissante des huttes indiennes de Rae perdues au milieu de la grande forêt et s'accordant si bien avec l'image qu'il voulait garder de sa vie avec Rosa, au spectacle des hardes de bisons bondissant comme aux temps de la préhistoire dans les marécages gelés de la Slave River.

— Voilà, vieux Tom, dit-il en appuyant ses deux bras sur les épaules du mécano, nous allons nous quitter. Dans quelques instants, tu reprendras la route du Nord

178

avec ta licence. Donne-moi de temps à autre de tes nouvelles, le père Keredec a mon adresse. Déjà je n'appartiens plus aux territoires du Nord-Ouest. Les gens qui nous entourent, à quelques nuances près de langue ou de coutumes, ce sont les mêmes que je retrouverai en France ou ailleurs. Pourraient-ils comprendre mes regrets ? Et ce paradoxe d'abandonner le pays où l'on a été heureux ? Tu vois, Tom, je ne sais pas très bien où je vais, Father Keredec avait raison, je vais mettre de l'ordre dans tout ça... Tu m'aides à porter mes bagages au comptoir d'Air Canada ? Fini les soucis, ajouta-t-il cherchant à ironiser, à partir de cet instant, un autre pilotera pour moi.

— Tu n'aurais pas eu envie de commander un de ces gros engins quadrimoteurs ?

— Pas du tout ! Je préfère mon petit taxi, encore à l'échelle de l'homme, capable de se poser partout, sur le moindre lac, sur une route. Crois-tu qu'on aurait pu faire du rase-mottes sur les buffalos, si nous avions pris un de ces énormes long-courriers ?

Max prit sa valise. Tom se chargea du gros paquet entoilé, plus volumineux que lourd et le transporta sur le comptoir d'enregistrement. Le paquet avait un peu souffert au cours du voyage, par places la toile était déchirée ; Tom sentit sous ses doigts une chaude et rugueuse fourrure noire et retourna négligemment le paquet pour que Max ne vît pas qu'il avait deviné. Max qui avait tout abandonné à Snowdrift : maison, mobilier, chiens, Max qui lui avait généreusement offert son avion, Max emportait comme seul bagage la fourrure du grand bison noir !

Mais déjà l'empoyé avait poussé les colis sur le transporteur automatique et tendait le bulletin à Tom.

— Tout est O.K., Max, voilà tes tickets...

Le plus cruel pour eux fut d'attendre l'heure du départ.

— Tu devrais te rendre en ville, Tom, dit Max pour abréger l'inutile et douloureuse attente. Peut-être que dès ce soir tu pourrais t'inscrire au bureau du centre d'examen de pilotage, tu gagnerais un jour !

C'était faux, il le savait bien, les bureaux fermaient à 5 heures.

— Je reste jusqu'à ce que j'aie vu disparaître l'avion, dit Tom. Qui sait ? Au dernier moment tu pourrais changer d'avis, rester... C'est ça qui serait chic !

Max le pensait aussi et, maintenant qu'il avait décidé de partir, il était saisi par le doute. Faisait-il bien ? N'aurait-il pas dû rester avec ses frères humains du Grand Nord, avec les missionnaires, les M.P., les traders, les Indiens ?

— Reste, dit Tom et il suppliait presque.

— A quoi bon ? Mieux vaut tenter l'expérience, c'est peut-être la seule façon qu'il me reste de décider honnêtement de ma vie future.

On appelait les passagers, Max serra une dernière fois les mains de Tom.

— Quand je reviendrai, je te ferai signe, c'est toi qui me piloteras à nouveau vers le Nord...

Mais il était déjà absorbé, porté par la foule des passagers.

Il ne pouvait plus voir Tom qui gagnait lentement la sortie en essuyant ses yeux rougis.

14

« L'Ile-de-France » volait à la rencontre du soleil.

Le gros quadrimoteur avait décollé de Montréal vers 22 heures. Une heure plus tard, dépassant Terre-Neuve encerclé vers le nord par les premières glaces flottantes de l'hiver, il survolait les flots libres de l'Atlantique, brillants comme du métal en fusion, où couraient, poussés par les vents, des milliers de nuages pommelés, étagés à différentes altitudes. Vers l'est, colorant de feu les basses couches de l'atmosphère, voici que montait lentement l'énorme disque rouge du soleil. La nuit avait duré une heure, la terre et les eaux dormaient encore dans une demi-obscurité mais à l'altitude de l'avion le jour pénétrait dans la carlingue par les étroits hublots.

Dans quelques heures, Max serait à Paris. Il frémissait d'une sourde inquiétude ; ce retour si brusquement décidé l'effrayait, il regrettait déjà sa décision. Plutôt que de prendre cet avion de ligne, pourquoi n'avait-il pas effectué la traversée à bord de son petit avion personnel ? En passant par le Labrador, Frosbisher et le sud du Groenland, c'était possible. Il eût été son maître et, il le savait, il aurait fait demi-tour. Trop tard ! Très bas sous les ailes, un plafond continu de nuages recouvrait

181

l'océan. L'avion devait survoler l'Irlande ; parfois, en effet, le rideau de brumes se déchirait, laissant entrevoir le damier d'une campagne habitée ; on approchait des côtes européennes. Bientôt ce serait la France, il répétait mentalement ce nom : la France ! Comme s'il lui cherchait un sens précis. Il abordait l'Europe avec méfiance. Pourtant, là-bas, dans le Dauphiné, une famille l'attendait. Un frère, une sœur, et même une belle-sœur. Arlette ! Tiens, il pouvait prononcer son nom sans aucune émotion. Allons, tout cela était bien oublié. Seul demeurait désormais pour lui le souvenir de Rosa. Sa pensée se reporta vers le lointain Nord-Ouest, sur la butte de Snowdrift où un simple tas de pierres glacé par les vents de l'hiver, sépulcre d'ivoire des terres boréales, marquait la tombe de sa femme. Il revécut intensément les dernières heures de son séjour : le grand lac miroitant pris par les glaces, où les îles de la solitude semblaient autant de boqueteaux de sapins plantés sur les prairies des neiges. Dès cet instant Max sut qu'il retournerait là-haut. Sa vraie famille, c'était le petit peuple indien qui l'avait adopté. Que lui importaient désormais les cousinages du Grésivaudan. Il songea tout à coup qu'il n'avait avisé personne de son retour. Inconscience ! Il est vrai qu'il écrivait peu et que la seule correspondance qu'il entretînt régulièrement deux ou trois fois par an était avec sa sœur jumelle. Encore ignorait-elle son mariage. Il soupira douloureusement. Pourquoi Rosa ne lui avait-elle pas donné d'enfant ? Un fils ! Il eût aimé un fils qu'il aurait soigneusement caché au sein de la tribu. Il en aurait fait un véritable Indien du bush, un homme libre. Sa pensée vagabonde se porta alors sur son neveu. Danièle avait un fils qui devait être un adolescent de vingt ans, et voici que Max, qui ne s'était guère intéressé aux enfants de son frère aîné Jérôme,

182

découvrait soudain Bruno. Parce qu'il était orphelin et qu'il n'avait jamais connu son père, ce jeune neveu l'attirait. Il se reprocha même de n'avoir pas suivi, ne serait-ce que par lettre, son entrée dans la vie. Dans ses missives, Danièle en parlait pourtant toujours. Le bébé et l'enfant avaient été adorables, mais depuis deux ou trois ans, elle parlait à peine de son fils et ce détail avait échappé à Max, peu préoccupé d'avoir des nouvelles des siens. Il se promit de s'intéresser à Bruno.

Brusquement, l'avion pénétra dans une masse cotonneuse et claire-obscure, et Max comprit qu'il perdaient rapidement de l'altitude, puis aussi soudainement l'avion se glissa sous les nuages et les passagers distinguèrent l'énorme agglomération parisienne noyée dans une lumière grise et triste. Il boucla machinalement sa ceinture.

Orly n'est pas encore Paris, ou n'est déjà plus Paris. Un aéroport international est apatride. Dès qu'on a franchi le cordon douanier, on est entre deux mondes. Pour y entrer comme pour en sortir, il faut passer plusieurs barrières : police, douane. Max subit toutes ces formalités avec patience, peu sensible à l'énervement des files d'attente ; la peau de bison intrigua vivement les services compétents, il fallut consulter des registres, des barèmes. Max paya la forte somme et sortit enfin sur l'aire de stationnement des autobus. Cette fois, il était en France.

Il erra un moment, décontenancé, dans le vaste hall de l'aéroport. Il se sentait étranger en son propre pays. Il ressentait dans sa détresse le besoin d'entendre une voix amie. Combien de fois, lorsqu'il était seul à bord de son avion et qu'il survolait les Barren Lands, n'avait-il pas branché son poste uniquement pour entendre la voix lointaine et inconnue d'un radio ! Il n'avait rien d'autre à

lui dire que « Je suis là, je t'écoute ! Tout va bien ?...
Tout va bien », puis il coupait et son vol continuait,
heureux et solitaire.

Il s'approcha de la standardiste :

— Le 07 au Murger, dans l'Isère... Merci, mademoiselle.

— Quinze minutes d'attente...

Autour de lui, la foule allait et venait, active, fébrile,
cosmopolite ; parfois une jeune femme s'attardait, attirée par ce solide quadragénaire aux tempes argentées,
au teint hâlé, aventurier des grands espaces mêlé aux
pâles et falots grouillots de la finance, de la drogue ou
des affaires. Il ne voyait rien, perdu dans ses pensées,
plus isolé au milieu de cette foule qu'il ne l'eût été au
cœur même de la toundra. Ce tourbillon humain provoquait en lui une sorte de vertige.

Il sursauta :

— Grenoble, disait une voix, Grenoble. Monsieur,
vous avez votre communication...

Il sortit de son rêve, pénétra dans la cabine, décrocha
les écouteurs, attendit un instant le cœur battant. A
l'autre bout du fil on parlait, on s'impatientait même :

— Allô, le 07 au Murger, j'écoute, qui est à l'appareil ?

Il reconnaissait le timbre de la voix, son cœur battit à
se rompre ; il était comme un gamin qui téléphone pour
la première fois :

— Allô ! C'est toi, Danièle ?...

— Max ! D'où téléphones-tu ? Que s'est-il passé ?
Nous étions sans nouvelles de toi depuis plusieurs mois...

— Rien, je suis à Paris... Je prendrai le train de jour,
je serai à Grenoble dans l'après-midi, envoie quelqu'un
me prendre à l'arrivée.

Volubile et passionnée, Danièle parlait, parlait, et il

184

écoutait, bercé par cette voix qui lui était chère.

— Ainsi tu es là, disait-elle, parfois j'étais inquiète de ton silence, mais Jérôme et Arlette me rassuraient : « Il doit être en mission quelque part. S'il y avait eu quelque chose, on aurait été avertis. » Ils avaient raison, mais ça ne me contentait pas ! Tu ne nous quittes plus, dis, Max ? J'ai tant besoin de toi... Jérôme ? Il a sa femme, ses enfants, ça n'est pas pareil, pour lui tout va bien... Moi ? (La voix se fêlait.) Non, je ne suis pas malade, je t'expliquerai... Bruno ? Oui, il s'agit de lui, j'ai tant besoin de toi... Je t'embrasse très fort... A ce soir, Max !

Avait-elle coupé volontairement la communication ? Il avait semblé à Max que les dernières phrases étaient hachées de sanglots. Danièle le réclamait. Danièle avait besoin de lui. Il redevenait l'homme d'action. Oubliés la nostalgie du retour, le dépaysement, son propre chagrin ! Il n'avait plus qu'une idée : rejoindre le Murger par les voies les plus rapides.

Il y avait un train de jour qui arriverait à Grenoble à la fin de l'après-midi. Il se fit conduire directement de l'aéroport à la gare de Lyon.

Le train remontait les collines de Bourgogne. Les fermes, les prés, les cultures, les villages se succédaient sans laisser place à un arpent de solitude. Comme la France lui semblait petite ! Paradoxalement, parce qu'il était dense et peuplé, ce territoire était trop grand pour lui ! Bercé par le rythme sourd des boggies, il s'enfonça dans son rêve et n'en sortit qu'à la vision soudaine des premiers contreforts des Alpes, scintillants de neige. La Chartreuse avec ses parois crêtées de forêts de sapins, la chaîne de Belledonne dominant les brumes du Grésivaudan, le Vercors au sud, le Taillefer et la trouée de Laffrey délimitaient le large cirque où s'étendait Grenoble. Il revenait aux sources premières de sa passion : la

185

montagne l'entourait désormais, le rendait à ses dix-huit ans. Il eut moins peur de son retour, désormais il était chez lui.

Jérôme l'attendait sur le quai. Grave et important dans sa pelisse à col de loutre.

— Te voilà, revenant ! On pensait que tu avais complètement oublié le Murger !

Max allait se jeter dans ses bras, mais tout à coup il se retint. Etait-ce bien son frère, cet industriel autoritaire, cossu, aux tempes largement dégarnies, aux traits sévères ? Pas un sourire ! Rien qui eût détendu la rigidité affectée du visage, rien ! Il avait tout à coup l'impression de se trouver devant un étranger.

— Tu as des bagages ?

— Oui !

— Donne-moi ton ticket, le commissionnaire nous les livrera, je n'ai pas le temps d'attendre, un conseil d'administration ce soir, des acheteurs étrangers importants, des devises qui vont rentrer, je n'ai pas le temps de rêver, moi ! Enfin, si tu veux t'y mettre, tu pourrais m'aider, j'ai besoin d'un second ; bien sûr, quand tu es revenu de la guerre, tu n'étais pas mûr pour ce travail, maintenant tu parais plus sérieux.. Sacré Max ! Le retour de l'enfant prodigue ! Allons, ne fais pas cette tête, on te fera ta place. Tu sais que tu disposes d'un joli capital en banque, tes intérêts dans l'affaire...

Ils avaient pris place dans la Bentley conduite par un chauffeur en livrée, Jérôme parlait toujours. Max regardait défiler le paysage, reconnaissait au passage les grosses bourgades industrielles alignées au pied des contreforts de Belledonne...

— Cette semaine, reprenait Jérôme, j'ai à faire à Paris, Bruxelles, Milan et Vienne. Tu m'accompagneras,

186

il te faut renouer des contacts, par la suite tu pourras me remplacer, on ne sera pas trop de deux...

Mais Max ne l'écoutait pas, trop obsédé par ses pensées ; il avait encore dans l'oreille la voix angoissée de Danièle, il voulait savoir.

— Qu'est-ce qui ne va pas pour Danièle ? Elle m'a paru inquiète.

Jérôme explosa :

— Bruno ! Ce voyou de Bruno ! A sa place il y a longtemps que je lui aurais interdit de revenir à la maison. Elle est trop faible avec ce garnement. Si elle m'avait écouté, on l'aurait mis dans une maison de redressement. Tu te rends compte du tort que cela peut nous faire dans notre situation, dans nos affaires... à tel point que j'hésite à me présenter aux prochaines élections au Conseil général. D'ici à ce que j'aie pour neveu un repris de justice, il n'y a pas loin !

Max était atterré.

— C'est donc si grave ? Qu'a fait au juste Bruno ? Je croyais qu'il avait passé ses deux bacs ! Avec mention, m'avait écrit Danièle.

— Bien sûr ! l'intelligence au service de la dépravation. Ta sœur a été trop faible avec lui. Mauvaises fréquentations, une philosophie absurde et maintenant les stupéfiants...

— Quoi ?

— Oui, par deux fois, on me l'a ramené au Murger dans un car de police, j'ai étouffé l'affaire, mais il vient encore de faire une fugue, la troisième... Tu vas le voir revenir quand il n'aura plus le sou, et Danièle pardonnera et il promettra de s'amender. Foutaises ! Je ne veux plus en entendre parler, en tant que tuteur je lui ai coupé les vivres, mais je sais que ta sœur lui donne de l'argent en cachette...

— Où est-il en ce moment ?

Jérôme le regarda et éclata de rire.

— A Paris, sur les quais, ou à Lyon, ou à Marseille ! Que m'importe ! Il n'existe plus pour moi !

Jérôme soupira.

— Comment vont Robert et Sophie ?

— Pas très brillants dans leurs études, mais des enfants respectueux, ponctuels, qui ne nous donnent que des satisfactions.

Max revint à ses pensées. Il n'écoutait plus son frère qui continuait à parler de ses affaires, de leur situation privilégiée, de la croissance de l'usine. Ce que venait de lui apprendre Jérôme le peinait au plus haut point ; sa sœur ne devait pas être heureuse tous les jours dans la villa-château du Murger. Comme il gardait le silence, son frère l'interpella :

— Mais nous avons parlé de nous et je ne sais rien de toi. Comment vont tes affaires ? Pierre qui roule... hein ?

— Tu te trompes. Jérôme, mes affaires vont très bien, et si je te remercie d'avoir pris soin de mes intérêts en France, laisse-moi te dire que mon compte en banque, et en dollars, est suffisamment important pour que tu ne te fasses aucun souci à mon sujet.

— Bon, bon ! Ce que j'en disais, c'était pour toi.

Max, dès cet instant, se prit à haïr son frère.

— Tu sais, dit-il, bien que ton cadet, je ne suis le second de personne ! C'est ainsi que le voulait notre père, n'est-ce pas ?

Jérôme haussa les épaules. Ils arrivaient au Murger. La voiture emprunta la longue allée de cyprès, le château était lové tout au fond, comme adossé aux premiers contreforts de la montagne entaillée à cet endroit par une gorge profonde où cascadait le torrent issu des glaciers de Freydane. Une conduite forcée,

datant d'Aristide Bergès, fournissait l'énergie aux papeteries dont les immenses hangars s'allongeaient vers la
plaine de l'Isère.

Sur le perron, Arlette et Danièle attendaient :

— Bonjour, Max, sois le bienvenu au Murger, dit
Arlette avec une certaine solennité.

« C'est bien moi l'étranger, songea Max avec amertume, mais au fond je l'ai cherché. » Il se reprit très vite :

— Merci, Arlette.

Danièle s'était pendue à son cou et mêlait ses larmes à
son sourire.

— Max, mon petit frère, te voilà ! Comme je suis
heureuse.

— Calme-toi, sœurette, je suis au courant, on arrangera ça, on arrangera tout, à nous deux, dit-il affectueu-
sement, en la serrant dans ses bras.

— A nous deux, tu as raison ! murmura-t-elle.

Ils pénétrèrent dans le grand hall orné de trophées de
chasse, puis dans le petit salon, attenant à la salle à
manger.

Max tournait en rond, examinant curieusement ce
décor qui avait été celui de son enfance.

— Tu reconnais, Max ? disait Danièle.

Il poussa la porte à double battant qui s'ouvrait sur
les pièces d'apparat. Quand ils étaient petits, Danièle et
lui y faisaient d'interminables parties de cache-cache. A
cette époque, il y avait aussi Arlette, mais celle-ci était
sortie de sa vie ; elle lui était désormais totalement
indifférente. Le grand salon aux murs tapissés de Gobe-
lins était meublé en Louis XVI, mais des housses
recouvraient les divans, les chaises et les précieux fauteuils ; les volets étaient tirés. Dans la pièce régnait une
pénombre poussiéreuse.

Max referma la porte en silence.

189

Il revoyait sa hutte de Snowdrift, éclairée par les aurores boréales, la chaude patine des troncs de sapins, sa couche de fourrure, la peau de bison qui la recouvrait et il se dit qu'il ne l'échangerait pas pour tous les trésors entassés dans cette pièce.

— Qu'en dis-tu ? disait encore Danièle.

— Ça sent le moisi !

— Iconoclaste ! Je te retrouve. Viens, je vais t'installer. Nous dînons à 20 heures, mais Jérôme ne sera pas là.

— Laisse-moi te regarder, Danièle, dit-il avec affection. Toute cette tristesse sur tes traits. Pourquoi ne m'as-tu pas dit que tu n'étais pas heureuse ?

— A quoi bon ? fit-elle avec un geste de lassitude.

— Arlette ?

— Non ! Arlette ne compte pas, elle obéit aveuglément à Jérôme, elle a ses enfants, elle n'est même pas jalouse de Bruno ! Elle l'ignore. Jérôme lui a tellement répété que cet enfant était un garnement. Tu sais, Max, s'il l'est devenu, ce n'est peut-être pas absolument de sa faute...

— Jalousie ?

— Certainement. Bruno était un écolier brillant, à coup sûr plus doué que Robert ou Sophie, braves enfants, gentils, mais sans plus, et au fil des années, Jérôme s'est rendu compte que de Robert ou de Bruno, seul Bruno serait capable de lui succéder. Bruno a fait toutes ses études secondaires au lycée de Grenoble, Robert a redoublé plusieurs fois, et maintenant ils sont, lui et sa sœur, dans des institutions privées. Tu comprends ? Soi-disant pour les mettre à l'abri du pernicieux exemple de leur cousin.

— Mais enfin, Danièle, comment se fait-il que Bruno en soit arrivé là ? Tu étais pourtant près de lui !

Elle éclata en sanglots.

— J'étais trop faible, et puis Jérôme était le tuteur, et il a abusé de son pouvoir, je n'avais même pas le droit de discuter ses décisions. Et c'est là que j'ai été faible, car il a pris Bruno en grippe, on eût dit que ses succès scolaires le mettaient en rage. Il faut dire aussi que Bruno n'est pas souple, il lui tenait tête. C'est un garçon adorable mais un peu fantasque, pour lui il n'y avait pas d'heure de rentrée, il flânait, il séchait ses cours, puis en une nuit de travail rattrapait tout et passait brillamment ses examens. Mais surtout il n'a jamais voulu plier sous la domination de son oncle. Un jour, au cours d'une altercation plus violente, Jérôme a perdu son sang-froid et l'a giflé sans raison. C'était fini. J'essayai vainement de raisonner Bruno, mais il ne pouvait plus se plaire au Murger, son entrée en Faculté a été néfaste, il avait sa chambre à la maison universitaire, je le voyais plus rarement, Jérôme lui avait coupé les vivres, ne lui payant que sa pension et sa chambre. Je lui ai envoyé de l'argent de poche en cachette, il a fait deux fugues, la dernière a duré trois semaines ; entre-temps j'ai appris que par deux fois il avait été inquiété par la police, ils étaient une dizaine d'adolescents à se droguer dans une chambre. Jérôme a étouffé l'affaire, oh ! pas pour Bruno, ni pour moi, il me l'a dit, mais pour la réputation des Papeteries Gilles. Maintenant ma vie est un enfer.

Elle sanglotait.

— Calme-toi, Danièle, rien n'est perdu. Mais, si j'ai bien compris, Bruno a disparu. Avait-il beaucoup d'argent ?

Elle rougit, comme prise en faute.

— La veille de son départ, je lui avais donné une petite somme.

— Tu as bien fait. S'il n'avait pas eu d'argent, il aurait cherché à s'en procurer.

— Chaque fois, il me revient malade, les yeux fié-vreux, et il me jure qu'il ne recommencera plus. Jérôme voudrait le faire enfermer, mais c'est d'une clinique et d'une cure qu'il aurait besoin. Max, je t'en supplie, ne m'abandonne pas, nous devons le sauver.

— En arrivant ici, j'ai éprouvé le désir immédiat de repartir, mais je ne repartirai que lorsque j'aurai retrouvé Bruno, et que je saurai ce qu'il a dans le ventre.

— Toi seul, tu peux faire quelque chose : sans te connaître, il t'aime bien, il a beaucoup d'admiration pour toi... Tu comprends, il faut bien que je te le dise, mais, quand Jérôme parle de toi (le moins possible), c'est en des termes ! Bref, tu es l'aventurier de la famille, et c'est pour cela que Bruno t'admire, tu as échappé au carcan de notre société, tu vis avec des sauvages.

— Arrête, petite sœur ! Les vrais sauvages ne sont pas ceux que tu penses ! Mais je te raconterai ma vie en détail plus tard... Viens, essuie tes yeux, on sonne pour le dîner.

Il la prit par le bras et tous deux descendirent l'escalier d'honneur qui conduisait à la salle à manger.

Le dîner était comme le reste, conventionnel et triste. Arlette présidait ; Max l'examinait curieusement. Se pouvait-il qu'il eût été amoureux fou d'elle au point de s'exiler ? Il avait devant lui une quadragénaire bien en chair, commandant d'un ton ferme aux domestiques. Par des questions, d'ailleurs banales, elle avait tenté à diverses reprises d'amener la conversation sur le Canada et les territoires du Nord, mais chaque fois Max avait biaisé, prenant la chose avec humour.

— Laissons ça, ma chère Arlette, ces histoires de sauvages ne sont pas convenables, parlez-moi plutôt de la vie au Murger...

Alors Arlette parlait, parlait, énumérant les améliorations apportées, les achats de meubles, les ennuis domestiques, soupirant après son époux : toujours absent, toujours au travail, surchargé de responsabilités. Au moins si les ouvriers de la papeterie lui en savaient gré, mais non, des grèves, des arrêts de travail...

— Oui, mon cher Max, vous avez bien de la chance d'être libéré de tous ces soucis.

Le repas terminé, il gagna sa chambre avec soulagement. Danièle vint l'embrasser :

— Tu ne repars pas tout de suite, dis ?

— Promis.

Par la fenêtre ouverte, il voyait briller les neiges de Belledonne : le ciel était étoilé, la forêt de sapins recouvrant les pentes venait mourir juste derrière le château ! Dans le silence de la nuit d'hiver, il se sentit transporté vers d'autres cieux. Là-bas, dans les territoires du Nord-Ouest, il devait geler à moins quarante et les aurores boréales laissaient flotter leurs écharpes de soie au-dessus des lacs figés sous la nuit polaire.

Tout proche, le ronronnement de l'usine se détachait sur le vide nocturne, un train siffla, des camions lourdement chargés changeaient de vitesse au passage à niveau.

— Qu'est-ce que je suis venu foutre ici ? gronda-t-il en refermant brutalement la fenêtre.

15

Le surlendemain, il eut sa première altercation avec Jérôme.

— Tu m'accompagnes, avait dit celui-ci, voici tes billets de train et d'avion, le chauffeur te prendra à 15 heures, le *Lombard* nous déposera à Milan quatre heures plus tard.

— Dis donc, tu disposes de moi, mais je n'ai pas du tout envie de voyager, mais pas du tout !

— Mon vieux, mets-toi ça dans la tête : ici le temps a plus de valeur et si tu veux que l'usine tourne, il faut te remuer. Souviens-toi que pendant vingt ans j'ai fait marcher l'usine tout seul...

— Alors continue !

— Et toi tu toucheras les dividendes !

— Sans tes jetons de présence, hein ?

— Ça suffit, Max, tu es revenu, je te rends la place à laquelle tu as droit, mais qu'il soit bien convenu entre nous que c'est moi qui commande, sinon...

— Sinon ?

— Allons, Max, on ne va pas s'engueuler le premier jour, ce que je te dis c'est pour ton bien...

— Tu te soucies beaucoup de moi, me semble-t-il, un peu plus que de ton neveu.

— Celui-là, ne m'en parle plus, il est rayé, rayé, rayé...

— Pourtant c'est de lui surtout que je veux te parler.

— Alors le mieux pour toi est de m'accompagner, on aura tout le temps dans le train...

— Et quand reviendrons-nous ?

— Vendredi soir, par l'avion Vienne-Genève.

— J'accepte, mais à une condition : nous parlerons de Bruno, et là-dessus j'ai des choses à dire, crois-moi...

— Si tu veux.

Quand il fut parti, Danièle s'approcha :

— Tu pars ?

— C'est le seul moyen de le coincer pour discuter de Bruno. Ici il trouve toujours un faux-fuyant, Arlette, les affaires, le bureau...

— Sois calme, Max...

— Si Bruno revient entre-temps, téléphone-moi, je lâche tout et je rentre. A l'usine, ils doivent savoir où nous toucher.

Dans le train, Jérôme avait tout fait pour éviter que la conversation vînt sur Bruno ; tantôt il se levait, allait dans le couloir, passait au wagon-restaurant, tantôt il somnolait, opposant toute sa force d'inertie.

— Jérôme, lui dit doucement Max, alors que l'autre faisait semblant de dormir, Jérôme, as-tu fait tout ton devoir envers Bruno ? Non ! Ne te fâche pas, écoute... Il n'a jamais connu son père, pour lui tu étais son père, l'as-tu été vraiment, n'as-tu pas fait de différence, sans le vouloir, peut-être sans le savoir, avec tes propres enfants ?... Mais tout peut encore s'arranger, je vais m'occuper de Bruno...

— Je te souhaite bonne chance ! On en reparlera, c'est un garçon pourri, fichu.

— Un gamin de dix-neuf ans ne peut pas être pourri,

il faut tout tenter pour le sauver, ou alors, c'est que tu ne souhaites pas qu'il guérisse, car c'est un malade, Jérôme, un malade...

— Quand tu auras vécu avec lui plusieurs années, tu viendras me donner ton avis, jusque-là je te dispense de tes réflexions. Danièle n'a jamais été lésée dans ses intérêts, pas plus que toi.

— Laissons ces questions d'argent, veux-tu. Parlons un peu des choses du cœur...

Mais Jérôme s'était levé, avait gagné le couloir et fixait d'un œil maussade son image reflétée par la vitre.

Quand ils sortirent de l'imposante gare mussolinienne, Milan et ses grandes artères disparaissaient sous une épaisse couche de brouillard, qui obturait tout, ne laissant pratiquement aucune visibilité, feutrant les bruits de la grande ville que parcouraient, tous feux allumés, des centaines de voitures et d'autobus. Une odeur de soufre prenait à la gorge.

Le taxi les déposa devant un grand hôtel proche, le *Duomo,* mais de celui-ci on ne distinguait que de vagues soubassements, quelques arcatures gothiques. Max, fortement impressionné, ne put s'empêcher de maugréer :

— Comment peut-on vivre dans une purée pareille, pire que le *fog* ? Et dire que j'ai laissé le Grand Nord pour trouver ça !

— Parles-en de ton Grand Nord ! Il est actuellement plongé dans une nuit de trois mois ! Moi, je préfère Milan, la véritable capitale de l'Italie moderne...

— A chacun sa joie, mon vieux ! On voit bien que tu ne sais pas ce qu'est la nuit polaire, lumineuse, phosphorescente, criblée d'étoiles comme un Sahara de glaces... On y respire au moins ! On ne s'asphyxie pas comme ici...

— J'admets que ce brouillard d'automne n'est guère

agréable, rentrons à l'hôtel, j'ai des tas de coups de fil à donner. Si tu veux te promener, profite de ces quelques heures de liberté, on se retrouvera pour dîner chez *Savini*, dans la Gallevia Vittorio Emmanuele. *Ciao!*

Jérôme s'en allait, agitant la main, visiblement heureux d'avoir prouvé à son frère sa parfaite connaissance de la cité lombarde.

Ils avaient rendez-vous à 21 heures. Max tenta de se promener, mais le brouillard persistant, les odeurs et les bruits le chassèrent rapidement de la rue. Il revint à l'hôtel, décidé à prendre un peu de repos. Pourquoi avait-il cédé à Jérôme ? Celui-ci se récusait et fuyait toute discussion concernant Bruno. Le mieux eût été qu'il se renseignât sur les lieux probables où sa fugue avait pu conduire son neveu. Paris ? Saint-Germain-des-Prés ? La Cité ? Bien sûr, c'est par là qu'il aurait dû commencer ! Jérôme se faisait des illusions s'il pensait le retenir et l'engager dans ses affaires industrielles... Il en était là de ses réflexions lorsque le téléphone sonna.

— Pronto ! disait la standardiste, un appel de Grenoble pour MM. Gilles.

Il décrocha, Danièle était au bout du fil, la voix altérée.

— C'est toi, Max ? Oh ! je suis heureuse, j'avais si peur que ce soit Jérôme. C'est grave, Max, on a retrouvé Bruno... Oui, le commissariat central d'Amsterdam nous a téléphoné, il a été arrêté avec une vingtaine de jeunes, ils faisaient du scandale sur la place du Dam, la police a fait évacuer. Bruno a, paraît-il, commis des voies de fait sur les agents, il est gardé à vue, à moins que ses parents ne le fassent libérer sous caution, en attendant sa comparution devant le tribunal. Je me suis renseignée, j'ai un avion à Genève, je serai ce soir à Amsterdam, viens me rejoindre...

— D'accord, Danièle, mais ne t'affole pas, nous l'avons retrouvé, c'est le principal, et maintenant je te promets que je ne le lâcherai plus, et je le sauverai ; dans une heure Jérôme revient me prendre pour un dîner d'affaires, entre-temps je vais consulter les vols. Pas beaucoup de battement : Milan-Zurich, Zurich-Amsterdam, on se retrouvera demain matin, je descendrai à l'hôtel des *Grandes Indes,* ne t'affole pas ! Je t'assure, c'est un bienfait, cette arrestation, je pourrai agir plus efficacement. Courage, petite sœur, je t'embrasse.

Il raccrochait, essuyait la sueur qui perlait à son front, puis rappelait immédiatement le portier. Tout se précisa : il n'aurait un avion que le lendemain à 8 heures pour Zurich où il prendrait une correspondance de la K.L.M. Il serait à Amsterdam vers 11 heures. D'ici là il ne restait plus qu'à patienter.

Il attendit fiévreusement le retour de Jérôme.

Celui-ci arriva avec un léger retard, accompagné de deux industriels milanais parlant un français très pur avec une légère pointe d'accent. Jérôme présenta son frère avec emphase :

— Mon frère, Max, qui rentre d'un long séjour au Canada et qui va désormais me seconder.

On félicitait Max, avant même qu'il ait pu se récuser, et il cherchait vainement à entraîner Jérôme à l'écart.

— J'ai reçu une communication de Grenoble, il faut que je te parle immédiatement.

— C'est si important ? Dans un instant, voyons, nous passons au bar...

— Ecoute, Jérôme, c'est très grave !

— Que dis-tu ? Que se passe-t-il à l'usine ? Un accident, une grève ?

— Beaucoup plus grave que cela, il s'agit de Bruno.

Jérôme se tourna vers son frère, il était écarlate :

— Et c'est pour cela que tu me déranges ? (Il parlait à voix basse, mais ses traits étaient crispés de fureur :) Je t'ai dit que je ne voulais plus rien savoir de cet individu que je renie...

— Bruno a été arrêté, il est à Amsterdam, inculpé pour violences à agents. Danièle a pris l'avion ce soir pour Amsterdam, je n'ai malheureusement pas le choix, je pars demain matin pour la rejoindre.

— Tu ne vas pas faire ça ! Demain est une journée capitale, nous sommes invités par ces messieurs, présidents-directeurs généraux d'une grande papeterie. Dans le Marché commun, nous devons nous entendre, bientôt il sera trop tard. Alors tu comprends que les histoires de mon neveu passent après...

— Et le bonheur de ta sœur ?

— Je crois avoir assuré à Danièle une existence matérielle aussi douce et sûre qu'une veuve pouvait l'espérer ; ce n'est pas ma faute si son fils n'a pas suivi la ligne droite. Arrêtons cette conversation, le dîner est servi dans un petit salon et ne fais pas cette tête-là.

Il se tournait vers ses invités :

— Excusez-nous, messieurs, un petit coup de fil désagréable de Grenoble, non ! pas de l'usine, pour mon frère, personnel, mais un peu de champagne remettra tout cela en ordre, passons à table.

Jamais Jérôme ne se montra aussi gai, aussi disert, et il brilla suffisamment pour faire oublier à ses hôtes milanais la gravité et la tristesse de son frère.

Quand ils se retirèrent dans leurs chambres respectives, Jérôme adressa un dernier avertissement à Max :

— Tu as bien compris, j'espère : pas de départ pour Amsterdam ! Danièle est sur place, qu'elle se débrouille pour faire relâcher son rejeton. Nous avons de la chance,

200

imagine que cela soit arrivé à Paris ou à Lyon ou à Grenoble — il en avait des sueurs froides — non ! Tout va bien : demain, table ronde à 10 heures, puis repas chez le signor Francesco della Torra, salut, dors bien !

« Quel salaud ! murmura Max, quand il fut seul. Ne compte pas sur moi demain, monsieur le P.-D.G., à 8 heures je m'envole, grâce à Dieu, je suis majeur et libre ! »

Le lendemain matin, la plaine lombarde était toujours recouverte d'un épais brouillard et les vols interdits à l'aérodrome de la Malpensa. Max attendait depuis 7 heures du matin, ayant quitté l'hôtel sans prévenir son frère autrement que par un court billet ainsi libellé : « Veille à tes affaires, je m'occupe du reste, Max ! »

Son vol sur Zurich était retardé d'heure en heure, le mauvais temps était d'ailleurs général, et comme il marquait son impatience, une hôtesse d'accueil crut bon de lui faire remarquer qu'il valait mieux ne pas partir que de subir le sort du vol 635, Genève-Amsterdam. L'avion, pris dans la tourmente et probablement victime de la foudre, s'était abattu au-dessus du Luxembourg la veille au soir. Max blêmit :

— Vous dites le 635 ? N'est-ce pas le vol qui part de Genève à 22 heures ? Mon Dieu ! Y a-t-il des survivants ? J'ai quelqu'un à bord !

— Je vais me renseigner, monsieur, dit-elle gravement.

La jeune femme revint peu de temps après, le visage consterné.

— Il n'y a pas de survivants, monsieur. Souhaitons que vous fassiez erreur sur ce vol.

— Demandez-moi la liste des passagers, oui ! Il s'agit de ma sœur, Mme Béraldi ! Mademoiselle, je vous en prie, obtenez-moi ce renseignement !

Un peu plus tard Genève confirmait, Mme Béraldi était bien à bord de l'avion.

On lui prodiguait de vagues paroles de consolation qu'il n'écoutait plus. Danièle morte, Bruno arrêté... Que lui importait désormais de vivre en France ? Jérôme se suffisait avec son usine, sa femme, ses enfants. Il eut une envie folle, irraisonnée, de prendre le premier avion qui lui assurerait une correspondance pour le Canada, mais il entendait encore la voix frémissante d'angoisse de Danièle lui annonçant son départ pour Amsterdam. Elle n'avait pu accomplir son dessein qui était de ramener Bruno. C'est à lui qu'il appartenait de le faire.

D'un coup il redevint lui-même, le pilote des glaces et de la forêt habitué aux pires vicissitudes :

— Retenez-moi une place pour le premier avion en partance pour Genève, ordonna-t-il. Si le temps continue d'être défavorable, je prendrai le Simplon-Orient-Express... Non ! Je ne retourne pas à Milan, j'attendrai ici.

A l'aéroport on s'empressait pour lui organiser son nouveau voyage. Il chercha dans l'annuaire le numéro de Francesco della Torra, insista pour lui parler en privé.

— Monsieur le président-directeur général ne peut vous répondre, il préside une importante réunion, disait le secrétaire.

— Je sais, je sais ! il discute avec mon frère, oui, je suis Max Gilles, des Papeteries du Murger...

— Oh ! alors c'est différent, voulez-vous parler à M. Gilles ou à M. della Torra ?

— A M. della Torra.

Il se dit qu'il valait mieux faire informer Jérôme par son collègue italien. Le président della Torra parut bouleversé en apprenant la nouvelle.

— Oui, monsieur Gilles, dit-il avec gravité, je vais prévenir votre frère, le préparer à son grand malheur.

202

Naturellement nous reprendrons nos discussions plus tard, nous ne ferons rien en attendant... Non ! ne me remerciez pas, un grand deuil dans une famille est un malheur qui dépasse tous nos ennuis financiers. Vous partez pour Genève et de là pour le Luxembourg, bien ! Je l'avertirai.

« Tiens ! murmura amèrement Max en raccrochant, un homme d'affaires qui a quand même quelque chose d'humain. Pourquoi pas Jérôme ? »

Vers 13 heures, le brouillard se leva, et Max put décoller en direction de Genève. Un autre avion le déposait quelques heures plus tard au Luxembourg.

Les débris du DC 8 s'étalaient sur plusieurs centaines de mètres dans la grande forêt de sapins, les corps calcinés étaient méconnaissables, les experts se penchaient sur la fameuse boîte noire ; une morgue avait été installée dans le village proche de l'accident et Max fut invité à identifier le corps de sa sœur. Elle portait encore son alliance avec, gravée à l'intérieur, la date de son mariage. On referma le couvercle du cercueil.

Il resta seul, désemparé, avec des nausées qui lui soulevaient le cœur. Une fois, au cours de la guerre, il avait ainsi identifié des camarades et il s'en souvenait comme d'une des épreuves les plus cruelles de sa vie.

Puis il pensa à Bruno. Il fallait prendre une décision. Il appela le commissariat central d'Amsterdam : oui, Bruno était incarcéré et, comme il était mineur, il ne serait rendu qu'à ses parents ou à ses responsables.

Max signala qu'un deuil de famille le retenait quelques jours, mais qu'il se portait garant de son neveu. On le rassura en lui disant que le prévenu était gardé dans une maison de jeunes, et qu'on s'efforçait de le désintoxiquer.

203

— C'est parfait, dit Max, il sera donc lucide quand je viendrai le libérer sous caution.

Il avait songé à faire annoncer à Bruno la mort de sa mère. Puis il avait renoncé. De toute façon, Jérôme n'aurait pas toléré la présence de Bruno aux funérailles de Danièle. Et puis pour ce jeune homme sensible, désaxé, le coup serait trop dur, et il fallait avant tout savoir quel était son degré d'intoxication.

Les funérailles de Danièle Béraldi eurent lieu dans l'intimité, au Murger. Jérôme conduisait le deuil, Arlette avait fait répandre le bruit dans son entourage que son jeune neveu, malade, était soigné dans une clinique suisse, et chacun évita de poser des questions indiscrètes.

Immédiatement après la cérémonie funèbre, Max Gilles prévint son frère, avec netteté :

— Je pars, Jérôme, et définitivement cette fois. Ne compte pas sur moi pour diriger l'affaire, tu t'en occupes à merveille et je ne me fais pas de souci de ce côté. Tu es le tuteur de Bruno, il hérite de la part de sa mère, n'oublie pas qu'avec mes actions nous sommes majoritaires. A la majorité de Bruno, j'aviserai pour te céder les parts qui te permettront de n'avoir aucune inquiétude pour l'avenir. Jusque-là, ne vends rien et gère au mieux.

— Et Bruno ?

— Je m'en charge, je pars pour Amsterdam, et si tout va bien je repars avec lui, nous retournons dans le Grand Nord. Il lui faudra la solitude pour oublier. Donne-moi simplement une délégation notariée de tes pouvoirs de tutelle. J'en aurai besoin désormais, et tu seras déchargé de tout souci.

Jérôme accepta avec empressement. La mort de Danièle l'avait beaucoup affecté ; peut-être inconsciemment avait-il des remords.

— Vois-tu, Max, dit-il, il est très difficile d'être juste. Peut-être as-tu raison, peut-être n'ai-je pas donné à Bruno l'affection qu'il méritait... Essaye de le sauver, je te promets que si un jour tu me le ramènes au Murger, il y sera accueilli comme un fils.

— Bon ! ne nous attardons pas. Je suis heureux de t'entendre parler ainsi. Au fond, ce sont les affaires qui t'ont endurci, souviens-toi de notre jeunesse, nous nous aimions bien...

Arlette vit partir Max sans manifester beaucoup d'émotion ; tout au plus fut-elle heureuse de constater que les dissentiments qui séparaient les deux frères s'étaient apaisés. Max emmenait Bruno, tout était pour le mieux !

— Tu as certainement un transitaire en douane, Jérôme ? demanda Max avant de partir.

— Bien sûr.

— Il y a un gros colis dans ma chambre, pas encore déballé, fais-le parvenir au Canada, à l'adresse de mon mécanicien, Tom Matt, Yellowknife. Tu t'en charges ?

— Heureux de pouvoir enfin te rendre un petit service.

La voiture et le chauffeur à casquette attendaient sur le perron, Max dégringola les marches, se retourna et salua de la main : son frère le regardait partir pensif et triste, appuyé sur le bras d'Arlette, toujours très digne.

16

Max avait quitté le Murger le soir même des funérailles de Danièle ; l'avion l'avait laissé à Schipol-Airport, au début de la nuit, las et désemparé.

Un taxi le déposa en plein centre d'Amsterdam. Les canaux étaient gelés, les gens circulaient frileusement emmitouflés, mais la foule nocturne était dense et la ville tout illuminée. Il erra quelques heures à travers les grandes artères, s'attarda sur le Dam, où avaient eu lieu les émeutes, et où des patrouilles de police circulaient lentement. Le calme était revenu, le froid ayant eu raison des émeutiers qui s'étaient tous réfugiés dans les bâtiments de la Bourse ; il ne restait de cette rude échauffourée que quelques garçons et filles hébétés, chevelus, rencognés dans des portes cochères, certains encore sous l'effet de la drogue, couchés pêle-mêle à l'abri du vent ; les rues débordaient de néons et de lumières, et les sex-shops attiraient vieillards puritains, minettes ou collégiens en casquette.

Plus attristé qu'écœuré, Max rentra tôt à son hôtel. Le lendemain, dès l'ouverture des bureaux, il se présentait au commissariat central et était introduit auprès du commissaire principal van Hoek, homme athlétique, à la chevelure grisonnante, au visage glabre et sévère, qui se leva pour l'accueillir :

— Monsieur Max Gilles, je présume ? Veuillez vous asseoir, je vous attendais, j'ai suivi moi-même toute l'affaire, mais je suis obligé de vous demander vos pièces d'identité, vos pouvoirs, en ce qui concerne le jeune Bruno arrêté par mes services. Une bien lamentable affaire ! Vous avez un passeport canadien, je vous croyais français ?

— Je suis français établi au Canada depuis vingt ans et je possède la double nationalité ; j'avais servi dans la R.A.F. durant la guerre, et après j'ai obtenu toutes les facilités offertes aux anciens pilotes alliés.

Le commissaire van Hoek se levait, serrait chaleureusement la main de Max.

— J'étais moi-même dans la R.A.F., comme observateur. Heureux de retrouver un ancien ! Je vous propose de venir prendre un verre avec moi, d'oublier que je suis le commissaire principal, nous parlerons de votre neveu, nous examinerons son cas ; ici, tout est trop officiel !

— Merci, commissaire, j'accepte avec reconnaissance.

Van Hoek l'avait conduit dans un club assez fermé qui dominait le grand canal et les maisons patriciennes baignant dans les eaux figées par le froid. Le commissaire lui avait exposé les incidents au cours desquels Bruno avait été arrêté. Le jeune homme, complètement sous l'influence de la drogue, avait été pris dans une échauffourée ; devenu fou furieux il s'était colleté avec les policiers, les avait maltraités, avait été brutalisé, puis maîtrisé et conduit au poste. L'inculpation était grave, mais on lui faisait suivre une cure de désintoxication avant de le faire passer en jugement. Plainte avait été déposée, l'affaire ne dépendait plus que du juge, à moins que — van Hoek regarda bizarrement Max —, à moins

208

que vous ne pensiez que ce jeune homme n'est pas tout à fait responsable. Comment en est-il arrivé là ?

Max raconta la vie tragique de sa sœur, le père de Bruno fusillé par la Gestapo, Bruno né après cette mort, l'absence d'affection et la rigidité de Jérôme son tuteur, le caractère entier et intelligent de Bruno...

— J'espère que selon mes instructions téléphoniques vous ne lui avez pas appris la mort de sa mère ?

— Il ne sait rien, confirma le commissaire, d'ailleurs les premiers jours c'eût été inutile, un début de cure est toujours épouvantable ; j'espère que maintenant il sera plus réceptif. Je n'ai qu'un coup de téléphone à donner au juge Vaalshot pour qu'on vous autorise à le rencontrer.

Max resta silencieux un moment. Il regardait sans les voir les eaux grises où miroitaient les néons. Il semblait très loin de tout. Le commissaire respecta sa méditation. Quand Max releva la tête, il avait pris sa décision :

— Commissaire, dit-il avec fermeté, la bienveillance et l'amitié que vous avez témoignées à un ancien camarade de combat m'autorisent à vous poser la question : si les plaintes sont retirées, puis-je emmener Bruno sans autre formalité ?

— En France ?

— Non ! dans le Grand Nord canadien où je compte repartir dès que cette affaire sera réglée. Je veux sauver Bruno. Ce n'est pas dans une prison qu'il apprendra à devenir un homme ; là où je vais il n'y a que la nature à combattre. Mais quel combat ! Commissaire, ne voulez-vous pas m'aider ? Rendre à ce jeune homme sa foi dans la vie, dans les hommes ? Vous seul pouvez demander à vos agents ou à votre service de retirer la plainte.

Le commissaire se levait.

— Ce que vous me demandez là est très grave, je ne

209

peux préjuger de la réponse de mes agents, mais les sentiments qui vous animent seraient les miens si j'étais placé dans la même situation ; j'ai un fils de vingt ans, il ne me donne aucun souci, mais cela aurait pu aussi lui arriver. Je vais donc essayer. Voulez-vous voir Bruno demain ?

— Non, pas avant d'avoir votre réponse. Je compte lui apprendre en même temps ces deux événements qui vont marquer sa vie : la mort de sa mère, sans lui dire qu'elle était venue à son secours, et sa libération par un homme de cœur, si toutefois il accepte de partir avec moi dans le Grand Nord.

Les choses n'avaient pas traîné. Le juge Vaalshot était libéral et il sembla tout heureux de se débarrasser d'un délinquant mineur ; van Hoek, de son côté, avait réussi à convaincre les deux policiers qui avaient porté plainte, et une ordonnance de non-lieu avait été rendue. Max avait le papier dans sa poche, et il avait loué une voiture pour se rendre à la maison de redressement où étaient gardés les jeunes délinquants.

C'était une clinique accueillante, installée au cœur des forêts de sapins, à une cinquantaine de kilomètres d'Amsterdam. Un vaste domaine clos par une muraille aisément franchissable et à l'intérieur duquel les détenus avaient toute liberté de promenade.

Max présenta ses papiers. Le directeur était prévenu, tout alla très vite. Max s'entretint longuement avec le médecin du centre ; Bruno était intoxiqué, lui dit celui-ci, mais son état n'était pas désespéré, sa nature robuste reprendrait vite le dessus, à condition bien sûr qu'il ne retombe pas dans son vice.

— Je m'en charge, avait répondu fermement Max.

— Ce sera difficile, dit le docteur, vous ne savez pas de quoi est capable un toxicomane pour obtenir sa drogue, mais si vous réussissez à empêcher une rechute dans les mois qui viennent, vous avez une chance de succès. Vous devez profiter de l'état d'abattement où il se trouve pour imposer votre volonté et il me semble que vous en possédez beaucoup. Un instant ! Je fais venir Bruno, vous le verrez seul à seul dans le salon.

Max attendit cette confrontation avec une émotion croissante. Il n'avait conservé de Bruno que l'image d'un bébé. Qu'allait-il retrouver ? Il fallait qu'il conservât son calme, son sang-froid, cette rencontre déciderait du destin de Bruno. Les minutes lui parurent longues. Enfin une porte s'ouvrit, un infirmier poussait devant lui un jeune homme hésitant, grand et maigre, au visage fin et intelligent, un peu efféminé par une longue chevelure, et où brillaient deux yeux fiévreux aux pupilles légèrement dilatées.

— Voici Bruno, je vous laisse seuls !

L'infirmier n'avait pas besoin de préciser, Bruno était tout le portrait de sa mère, mais dans sa stature qui aurait pu être athlétique, n'eût été l'état de délabrement physique du jeune homme, Max retrouvait la silhouette vigoureuse de Charles Béraldi.

L'homme et l'adolescent se dévisagèrent en silence. Il y avait dans le regard de Bruno comme un défi, et c'est presque avec hargne qu'il lança :

— Je vous plais tant que ça ? Vous en faites une tête ! Si c'est la famille qui vous envoie, vous pouvez repartir !

Max sentit une bouffée de colère monter en lui. Bruno faisait front. Faudrait-il le mater ? Il se contint et c'est d'une voix ferme, mais sans hausser le ton, qu'il répondit :

— Je suis ton oncle Max ! On ne t'a jamais parlé de moi, l'aventurier de la famille ?

Il avait dit les mots qu'il fallait, les mots magiques. Le garçon reculait, subjugué, toute agressivité disparue.

— Tonton Max, le jumeau de maman, vous ici ? Mais pourquoi ? Je vous croyais au fin fond des Amériques.

— Je suis venu te sortir d'ici. Mais qu'as-tu ? J'oubliais, tu es malade... Assieds-toi. Tu ne m'imaginais pas comme ça, avoue ?

Le jeune homme était cette fois complètement désemparé, il frissonnait, un peu hagard.

— Veux-tu que je rappelle l'infirmier ? demanda Max.

— Non, laissez ! Ça va passer ! Un relent de crise. Ils essayent de me désintoxiquer, ajoutez à cela l'émotion de vous voir. Vous êtes bien comme je l'imaginais dans mes rêves d'enfant. Comme je vous enviais parfois ! et puis maman me parlait constamment de vous avec tant de chaleur, d'affection, parfois de tristesse aussi lorsque vous restiez longtemps sans lui écrire. Elle faisait tout pour que je vous aime sans vous connaître. Comme elle a dû être heureuse de vous revoir !

Ils étaient tous deux bouleversés, prêts à se jeter dans les bras l'un de l'autre, mais Bruno se contint.

— Vous ne devez pas être fier de moi, oncle Max, et je pense que là-bas, au Murger, Jérôme ne doit pas me bénir !

— Laisse tomber, on fait des bêtises à tout âge, tout cela n'a été qu'un enfantillage, et pour toi tout peut encore s'arranger. Mais, hélas ! s'il n'y avait que toi, ce ne serait rien. Prépare-toi à une douloureuse, à une épouvantable nouvelle, elle concerne ta maman...

— Maman ! Il est arrivé quelque chose à maman ?

— Sois courageux, Bruno, ta maman est morte, il y a huit jours.

— Morte ! Ce n'est pas vrai, vous ne dites rien, à

212

cause de moi sans doute ! Ce n'est pas possible, ce serait monstrueux ; si c'est vrai, je me tuerai, je me tuerai ! Maman ! le seul être que j'aie aimé et qui m'ait aimé.

Il s'affaissa, sanglotant, les poings sur les yeux, poussant des cris inarticulés, puis peu à peu retrouva une apparence de calme :

— Comment est-elle morte ?

— Calme-toi, Bruno, ta maman est morte dans un accident d'avion au Luxembourg.

Bruno le regardait, surpris :

— Qu'allait-elle faire au Luxembourg ?

Max n'hésita qu'un court instant. Il fallait cacher la vérité à Bruno. Il se souvint heureusement que les Gilles avaient au grand-duché une famille amie et alliée à qui Jérôme et sa femme rendaient visite, accompagnés parfois de Danièle.

— Elle était invitée chez les Lagrange, oui, les aciéries, on a bien dû t'en parler ?

C'était vague, très vague, mais après tout vraisemblable.

— Merci, tonton Max, je suis soulagé. Si j'avais su être la cause de la mort de maman, je vous jure que je disparaissais, je vous le jure...

— Tu es un garçon de cœur et tu seras un bon fils désormais. Ta mère a toujours cru en toi...

Bruno, maintenant, pleurait doucement et Max le laissa épancher sa douleur, puis quand il jugea le moment venu, il lui prit le visage entre les mains, le regarda droit dans les yeux et lui dit :

— Je ne pense pas que tu désires retourner au Murger ?

— Non ! J'y serais trop malheureux, surtout sans maman, et puis oncle Jérôme ne m'aime pas. J'ai toujours eu l'impression d'être le bâtard de la famille...

— Ne pense plus à tout ça. Je te propose une solution, mais je veux que tu me jures, sur la mémoire de ta pauvre maman, que tu ne te drogueras plus. Tu es un garçon intelligent, instruit, et qui était en train de se perdre. Si tu me fais cette promesse solennelle, je t'emmène avec moi...

— Vous m'emmenez ?

— Dans le Grand Nord. Tu sais que j'ai là-bas une affaire d'aviation privée, je te ferai passer tes brevets, tu seconderas Tom Matt, mon mécanicien-pilote, ce sera une vie dure et parfois dangereuse, mais tu seras libre. Puisses-tu y trouver le bonheur qui fut le mien durant vingt ans...

Bruno regardait son oncle avec une sorte d'adoration. Sous les traits hâlés du pilote il retrouvait les traits plus fins de sa mère, il y avait surtout ce même regard, ces yeux gris admirables.

Il aurait voulu dire oui, tout de suite, mais il hésitait, pris de scrupules :

— Ne serai-je pas une charge pour vous ? J'ai peur d'avoir une santé bien délabrée, il faut être costaud pour vivre là-bas !

— Je me charge de te rendre des forces...

— Alors, c'est promis, oncle Max, je vous suis, vous m'aiderez, n'est-ce pas, vous m'aiderez à m'en sortir... J'ai tellement peur d'y retomber...

— J'ai toujours rêvé d'avoir un fils, tu seras celui-là.

— Vous n'aurez pas honte de moi ?

— Imbécile ! Mais comme on a fait tardivement connaissance, tu m'appelleras Max, comme si j'étais un grand frère...

— Oui, Max.

17

Un trou d'air secoua le gros quadriréacteur. Brusquement réveillé, Bruno poussa un cri, puis regarda avec inquiétude autour de lui.

— Ça ne va pas, Bruno ? dit Max.

— Si ! mais le choc m'a fait sortir brutalement d'un cauchemar, je rêvais, la secousse m'a rejeté dans le réel. (Il se pencha vers son oncle :) Les passagers ont dû me trouver bête !

— Tu as peut-être exprimé l'angoisse de tous, ils ne t'en voudront pas. Au fil des jours, tes nerfs se calmeront, il n'y aura plus de secousses, les deux mauvaises années que tu viens de passer, tu vas les oublier.

— Merci de m'avoir emmené, Max, je crois que je n'aurais jamais osé reparaître devant l'oncle Jérôme.

— Il ne t'aimait pas, mais avoue que tu y as mis un peu du tien pour te faire détester. Bref, ne parlons plus de tout cela. Nous sommes au milieu de l'Atlantique, bientôt nous survolerons Terre-Neuve, dans trois heures nous atterrirons à Montréal. Dors, si tu peux.

Max ne dormait jamais dans un avion. Le pilote se réveillait en lui et il s'intéressait à tout, se penchait à travers le hublot, pour deviner un pan d'océan, calculait mentalement la dérive, la vitesse du vent, et plus ils volaient, plus l'horizon de l'ouest s'empourprait. Ils allaient à la poursuite du soleil et le jour était sans fin, comme serait sans fin la grande nuit polaire qui les attendait là-haut, du côté de Snowdrift.

Les lourds cumulus qui signalaient l'approche de Terre-Neuve et du continent américain roulaient maintenant sous les ailes du Boeing, puis se divisaient, s'effilochaient, se regroupaient en montagnes monstrueuses, s'ouvraient en gorges abruptes sur les abîmes des courants atlantiques.

Enfin, Max distingua entre deux masses de nuages les roches enneigées de Terre-Neuve. Il réveilla Bruno.

— On approche, garçon, regarde ! Le pack entoure complètement l'île.

Cernée par les glaces, Terre-Neuve s'offrait comme une terre de forêts et de rocs, mais, vue d'aussi haut, son relief n'apparaissait pas, et l'on devinait, aux brillances des glaces dégagées par les vents, les nappes figées des innombrables lacs intérieurs... Bruno laissa errer son regard. Le nouveau continent, sous son manteau de neige, lui apparaissait sévère et triste. Se pouvait-il qu'on fût heureux dans ces solitudes ?

— Est-ce que Snowdrift ressemble à ça, Max ?

L'autre devina son angoisse, son inquiétude.

— Dans l'ensemble, oui, mais ce paysage, tu ne pourras l'apprécier qu'en te fondant à lui, comme les Indiens, les trappeurs, les ours ou les caribous. Tu verras, tu deviendras bien vite un homme du bush ! Fais-moi confiance...

— Je le souhaite, Max, bien qu'à présent tout me laisse indifférent, la vie ou la mort, la richesse ou la pauvreté, je ne crois plus en rien.

— Pour croire, il faut chercher, Bruno. Tu repars à zéro, donc tu n'as rien perdu. Tout serait perdu si tu avais persévéré dans ton erreur. Tu renais à la vie et tu renais dans un pays qui permet à tout homme digne de ce nom de se trouver. Tu voulais la liberté, je te l'apporte. Là où nous allons, il n'y a pas d'autre servitude que la loi de la forêt, la loi de la nature qui modèle les hommes ; on la subit, mais on la subit sans contrainte parce qu'elle est la vérité.

— Tu étais heureux à Snowdrift, Max ?

— J'étais l'homme le plus heureux du monde, et puis j'ai tout perdu, un être cher, que j'aimais par-dessus tout, alors je suis revenu en France pour y chercher ma vérité, et je l'ai trouvée. Mon destin était de revenir ici, et tu venais d'en décider pour moi. Tout est bien, Bruno.

Mais l'adolescent se perdait dans ses rêveries, revivait ses dernières semaines : Amsterdam, les drogués du Dam, la police, les crises de folie qu'avait provoquées sa désintoxication, et puis l'arrivée de Max, qu'il attendait inconsciemment depuis toujours. Maintenant il n'était plus seul. Il avait perdu sa mère mais il retrouvait un père et peut-être plus : un ami.

— Ne pense plus à tout ça, Bruno, dit Max qui avait deviné ses pensées.

Ils se sourirent.

L'émotion de Bruno, Max la partageait avec peut-être plus d'acuité, car ce retour vers les terres froides de l'Arctique, c'était pour lui l'achèvement de sa destinée. Les quelques semaines passées en Europe, si chargées d'événements tragiques, lui avaient fait oublier Rosa et sa propre peine, et maintenant qu'il contemplait le visage apaisé de Bruno qui somnolait à ses côtés, il découvrait qu'il avait obéi à une impulsion, à un besoin très ancien : se continuer dans un autre. Le fils que Rosa ne lui avait pas donné, la vie le lui donnait. Certes il subsistait de lourds nuages, aussi bouillonnants que les cumulus qui parfois secouaient les membrures de l'avion. Bruno tiendrait-il ses promesses ? Supporterait-il le climat, la rude vie des hommes du Nord ?

Leurs derniers jours en Hollande avaient été fort chargés. Max avait installé Bruno dans un hôtel isolé, au milieu des forêts qui entourent Arnheim, puis il avait fait auprès du Consulat général de France toutes les démarches nécessaires pour que Bruno disposât d'un passeport touristique. Il se chargerait bien de prolonger le visa de son neveu une fois sur place. Ces quelques jours avaient également permis à Bruno de reprendre des forces, et d'amicales conversations, desquelles on écartait tout sujet brûlant, avaient encore rapproché l'oncle et le neveu. C'est ainsi qu'ils s'étaient envolés vers le Canada, sans un regard en arrière.

Ils approchaient ! L'avion perdait de l'altitude, traversait plusieurs plafonds de nuages. Enfin ils découvrirent à nouveau la terre : ils survolaient le large Saint-Laurent, entièrement pris par les glaces et traçant un méandre éclatant de lumière sur les terres enneigées, découpées en lots réguliers, au centre desquels pointaient les clochers métalliques des paroisses du Québec. Puis ce fut Montréal et ses gratte-ciel, et l'atterrissage à Dorval.

Poussé par sa curiosité et sa jeunesse, Bruno eût aimé rester quelques jours dans la grande métropole, mais Max ne lui en laissa pas le temps. A peine arrivé, il s'enquit d'une correspondance pour Edmonton, et quelques heures plus tard ils repartaient pour la traversée du continent canadien, aussi large, aussi vaste que l'Atlantique.

Ce n'est que lorsqu'ils furent installés dans le nouvel avion que Max crut bon de s'expliquer.

— Il valait mieux ne pas s'arrêter. Montréal est

une trop grande ville, et nous avons besoin de solitude, toi surtout. Plus tard, tu seras libre d'y revenir à ta guise.

Ce qu'il redoutait, Max ne le dit pas. Il craignait avant tout qu'au contact de la civilisation nord-américaine, dans ce Montréal bruyant, antichambre des Etat-Unis, Bruno n'eût une rechute. Dans cette capitale de la drogue, il était si facile de se procurer héroïne, marijuana et autres produits ! Là-bas, dans l'Ouest, le danger serait écarté.

Ils ne s'arrêtèrent à Edmonton qu'une journée, le temps pour Max de télégraphier à Tom Matt de venir les chercher, et à l'idée de revoir son vieux mécanicien, Max exultait :

— Tu verras, un type formidable ! C'est lui qui t'apprendra à piloter.

Puis Max l'avait entraîné dans un hangar de l'aéroport industriel d'Edmonton, siège d'une firme américaine d'avions légers. Quelques heures plus tard, quand ils ressortirent, Max avait passé commande d'un bimoteur Cessna, à ailes hautes, amphibie, ski-roulettes et flotteurs. Il se frottait les mains.

— Mon zinc commençait à se faire vieux, bientôt vous serez deux à piloter, la firme « Max Gilles, Matt et Béraldi » est née !

Il donna une grande bourrade dans le dos de son neveu.

Tom fut fidèle au rendez-vous. Il était ému et joyeux.

— Sacré Max, je savais bien que tu reviendrais ! dit-il, en se précipitant vers son ami du plus loin qu'il le vit et sans prêter attention à Bruno. Mais je ne t'attendais pas aussi vite, j'ai à peine eu le temps de me familiariser avec ton avion... Mais il est en bon état, constate !

Le petit avion était astiqué et propre comme un sou

neuf. Max perçut un ton de regret dans la voix de son mécano.

— Ne t'inquiète pas, Tom, cet avion est bien à toi, et dans quelques semaines nous allons recevoir un Cessna tout neuf. Ah ! j'oubliais de te présenter mon neveu, Bruno. Tu vas le prendre en main, un chic garçon, je te le confie...

Tom regardait Bruno à la dérobée, l'évaluait, lui serrait la main, un peu étonné, se tournait vers Max :

— Je sais ce que tu penses, dit Max en riant, pas très costaud ! Ne t'inquiète pas, on l'aura vite retapé.

Bruno, entre ces deux hommes, était saisi d'une timidité qui l'étonnait lui-même ; il lui semblait entrer de plain-pied dans un monde nouveau, où les hommes étaient vraiment des hommes, des êtres virils, et la camaraderie un mot qui gardait tout son sens.

Ils s'envolèrent vers le Grand Nord ; ce n'était plus un vol ordinaire, le piper-cub survolait la forêt à trois mille pieds de haut, et découvrait aux voyageurs l'immensité des territoires du Nord-Ouest. Lacs et forêts, sans cesse renouvelés, sans cesse recommencés, se succédaient dans la confusion la plus mouvementée — formant un manteau sombre piqueté de taches d'une éclatante blancheur. Le soleil se couchait vers l'ouest derrière la barrière des Montagnes Rocheuses. Par endroits, des canyons sauvages trouaient les falaises comme autant de portes ouvertes sur l'inconnu et par ces portes de l'infini passaient les derniers embrasements du soleil. Max, devant cette splendeur, rêva des au-delà mystérieux, des vallées sans hommes, et des fleuves inconnus qui l'attendaient, car il le savait maintenant, sa place ne serait plus à Yellowknife ou à Snowdrift ; Bruno et Matt l'y remplaceraient et une fois son neveu installé dans sa nouvelle vie, lui, Max, s'en irait vivre là où l'homme reste en face de Dieu, sur la terre originelle.

Ce rêve l'exaltait à un tel point qu'il ne s'aperçut pas qu'ils entraient dans la nuit, la grande nuit polaire qui ne cesserait que dans deux mois.

Le ciel d'hiver était pur et scintillait de tant d'étoiles qu'elles suffisaient à illuminer les paysages survolés. Ils s'arrêtèrent pour une escale technique à Fort-Smith, mais ne quittèrent pas le terrain. Dehors le thermomètre marquait — 55° et Bruno frissonna malgré l'épaisse fourrure du parka que lui avait donné son oncle. La piste, toute blanche de neige tassée, était bordée par la haute barrière des épinettes, des étoiles filantes ou des météorites traversaient le ciel à chaque instant. Tout semblait hostile et pourtant tout était amical. Amical le sourire du mécanicien qui faisait le plein d'essence, amicale la réception du météo qui leur prédit un blizzard aux approches du grand lac des Esclaves et leur conseilla de ne pas s'attarder. Ils suivirent son conseil.

Ils volaient depuis deux heures et avaient dépassé Hay River, lorsque le ciel subitement sembla se désintégrer. Il se déchirait en traînées lumineuses qui s'effilochaient, puis se reformaient en rideaux scintillants de pierreries — mauves, dorées, violettes —, en somptueuses robes de féerie, en traînes impériales de velours amarante, et ces draperies, qui s'accrochaient très haut, dans le cosmos, aux myriades d'étoiles et de planètes, semblaient parfois issues des nébuleuses puis tout à coup flotter sur la terre comme si au contraire elles émanaient des sources mêmes du magma. Désormais on pouvait distinguer tous les détails du relief, la plaine sans fin des eaux glacées du grand lac, les archipels couverts de forêts, les roches nues moutonnées qui entourent Yellowknife ; c'était un paysage grandiose, exaltant, que contemplait Bruno, haletant d'émotion. Une nuit de lumière.

— Une aurore boréale, Bruno, le Grand Nord te salue ! Sois le bienvenu, dit Max.

Plus réaliste, Tom piqua vers le sol.

— L'aurore boréale, c'est beau, mais ça entraîne immédiatement la tempête, je me pose.

Quand le petit avion prit contact avec la glace du lac, on eût dit que des étincelles s'échappaient de ses skis ; les cristaux de neige, projetés par le choc, s'irradiaient au contact des phosphorescences nocturnes, et tout était si étrange et si mystérieux que Bruno comprit qu'il abordait une autre planète.

Achevé d'imprimer sur les presses de l'imprimerie Brodard et Taupin
7, Bd Romain-Rolland, Montrouge. Usine de La Flèche,
le 25 mai 1983
1036-5 Dépôt Légal mai 1982. ISBN : 2 - 277 - 11715 - 3
Imprimé en France

Editions J'ai Lu
31, rue de Tournon, 75006 Paris
diffusion France et étranger : Flammarion